論創海外ミステリ
328

夏の窓辺は死の香り

ダナ・モーズリー

金井真弓［訳］

論創社

Dead of Summer

1953

by Dana Moseley

目次

主要登場人物

キャサリン・ペティグリュー……英国出身の若い主婦（二十一歳）
チャールズ・ペティグリュー……キャサリンの夫
マイラ・フォルジャー……キャサリンの階下に住む主婦（三十八歳）
ミスター・フォルジャー……マイラの夫（四十五歳）
ロイ・オブロンスキー……ペティグリュー夫妻の隣室に住む大学生（二十八歳）
デイヴィッド・ウィークス……キャサリンの向かいのアパートに住む大学生（十八歳）
ヒューバート・ウィロビー……デイヴィッドの伯父（五十七歳）
ウォルター……ホテルの使用人
オズボーン……マイラの主治医
ウリー……大学教授

夏の窓辺は死の香り

一章　金曜日の夜

うだるような暑さが今日で三日も続く中西部の街フェアローンでは、風がそよとも吹かずに湿気がよどんでいた。すでに人々は狡猾な暴君さながらの蒸し暑さの影響を受け始めている。ふだんは穏やかな人が怒りっぽくなり、もともと短気な人は意地悪になっていった。柔らかいタールを思わせる大通りに車を走らせる人たちの些細なことから起こったいざこざは、取るに足らない無礼な言動によって激しい怒りへと変わった。事態をさらに悪化させたのは、畜舎からのどんよりした悪臭が北部や西部の郊外へゆっくりと広がり、遠くフェアローンの市民にも影響を与えたことだ。二十五万の住民にとって耐えがたい日々だったが、とりわけ警察官は楽ではなかった。

真夜中前の十一時頃、三十四番のパトカーがロッジ通りのドライブインの脇に止まっていた。乗っていたのはいずれも警官としては年のいった二人で、マグでルートビアを飲みながら、この暑さをものともせずに車から車へと動き回るショートパンツ姿の店員の娘たちを見るともなしに見ていた。並ぶ車の向こうから太った男がよたよたと歩いてきた。彼はルートビアを注文し、あっという間に飲み干すと、もう一杯頼んだ。これも飲んでしまうと、またしてもマグにお代わりを注文した。どれほどすばやく手を動かして飲んだとしても、ルートビアは体から噴き出す汗の代わりにはなりそうになく、一連の動作は無駄のように思われた。男のシャツは汗でびしょびしょになり、ベルトの一インチか二インチ（二・五センチから五センチ）下には黒っぽい線ができていた。三杯目を飲み終えると、彼は踵《きびす》を返して歩き去った。

数秒後、激高した大声が静寂を破り、小競り合いをしているらしい腹立たしげな声が聞こえてきた。二人の警官はやれやれというふうに互いをちらりと見た。どちらも同じことを考えているのは表情から明らかだった。この二人は署内でもっとも長くペアを組んでいた。みんなからはジョンとエドとして知られている。騒音はエドの側から聞こえたので、何をもめているのかを調べに行くのはなんとなく彼の役目になった。見るからにしぶしぶといった感じでエドはパトカーから降りた。

エドは小柄だったが、強堅な風体だった。おそらく口髭を蓄えているからだろう。汚れた歯ブラシを連想させる口髭は、事件現場に彼が駆けつけるたびに逆立つという。エドは車の後ろに回り込み、さっきの太った男が二人の十代の若者と取っ組み合っているところを見つけた。

「さてさて」エドは無理やり好戦的な態度で言った。「どうしたんだ?」

制服警官が姿を現しただけでたちまち喧嘩はやんだが、太った男は相変わらず腹を立てていた。

「こいつらにルートビアをかけられたんだ」彼は怒りに満ちた声で文句を言った。「おれはこの車の横を通っただけなのに――」

「うっかりかけてしまったんだよ、おまわりさん」若者の一人がさえぎった。「気づいたときにはもう遅かった」

「うっかりだとさ。ハッ!」太った男は濡れたシャツを恨めしげに見つめていたが、実のところ、それはさっきよりもわずかに濡れているだけだった。とはいえ、彼は喧嘩に負けかけていた。だから警官の登場は、どんな経緯《いきさつ》であっても、できる限りの威厳を保ったまま退却するのに格好の口実だったのだ。二人の若者は車に戻っていった。

その様子を見て、エドはにやにや笑っていた。どのみち彼らを逮捕する気などなかった。パトカーへ戻り始めたとき、ヘッドライトがついていて、自分たちのトレイを店員の娘が下げているのが目に入った。エドは歩みを速めた。

「どういうことだ?」エドは詰問した。「おれはまだ飲み終えてないぞ」

「乗れよ」ジョンはぶっきらぼうに言った。

エドが座席に滑り込むなり、タイヤは砕石を跳ね上げながら回転し、車はローギアで轟音をあげて発進した。二ブロックほど進んだとき、エドは相棒をちらっと見やった。

「また喧嘩じゃないといいがな」

ジョンは肩をすくめた。「もし、喧嘩だったとしても、もう終わってるよ。どうやら女が首を絞められたらしい」

「なんてこった。北二十四通りかい?」

「いや。トレントン通りだ」

ジョンは唇を引き結んだままハンドルに向かっていた。夜のこの時間はサイレンを鳴らしても、車がみな止まってくれるとは限らない。やかましくラジオを鳴らす、気の緩んだ酔っぱらいどもが屯《たむろ》していることは間違いなかった。真夜中近いのに、道路は相変わらずなかなかの渋滞ぶりだ。暑すぎて眠れない人々がドライブしているからだろう。

「考えてみるとだな」エドは尊大な口調で言った。「こんな天候なんだから、もっと殺人が起きていないのは不思議だよ。おれだって、うちの女房を撃ち殺したくなるときがあるぜ。ベッドのおれの陣地に侵入してきたってだけでさ」

ジョンは返事をしなかった。彼はロッジ通りを離れて北へ車を向けた。車は今、街のもっとも古い地域の一区画を走っていた。幹線道路の光あふれる中では役立ずだったヘッドライトがここではいきなり目立つようになり、建築年数が経った家々の装飾的な玄関ポーチや円柱をすばやく照らし出した。このあたりの家は、とりわけ春や夏にはばかげたほど大げさに見えるのが常だった。晩秋になると、老朽化した家の有り様は当然の劣化が露わになるものの、つかの間、哀愁を帯びた威厳が備わったように見えた。トレントン通り付近はそういう威厳ある地域とはまた別物だ。そこも確かに古いが、当初からかなり商業的な地域だった。パトカーがトレントン通りへ曲がると、目当ての住所を探し出すのは造作もなかった。別のパトカーがすでに到着していたのだ。

ジョンもエドも車から降りた。そこは角ばった頑丈そうな二階建ての煉瓦の建物で、七、八フィート（二メートルから二・五メートルほど）しか離れていない両側にも建物があった。

「騒ぎはあのアパートメントで起こったらしいな」警官の一人が言った。建物の角の窓を指さす。見えているのは、がっしりした警官の後ろ姿に違いない。

建物の入り口のドアには鍵がかかっていなかった。ジョンとエドは中に入り、競うように前後になって狭い階段を上った。いちばん上に着くと、少し左に曲がったところのドアが半分開いていた。ドアには小さな白い紙が画鋲で留められている。インクで「チャールズ・ペティグリュー夫妻」と書かれていた。

警官の一人がドアを押し開けた。ぱっと開くと、窓枠に腰かけていた男がにんまり笑いながらこちらを見上げた。

「やあ、きみたち。タイヤがパンクでもしたのか？」

不機嫌な顔でからかいの言葉を無視すると、ジョンとエドは部屋の状況を観察した。天井からぶら下がる裸電球のまぶしい光が、下にあるものを気が滅入るほどあからさまに照らしている。コルセットも付けず化粧もしていないときに不意を突かれた老女のように、部屋は殺風景な明かりのせいでひどく荒涼としていた。ドアの前に置かれた敷物は裏側が見えるほどすり減り、ぼろぼろの廊下の対角にキッチンがあった。部屋に入ると、陽の当たらない暗い隅に置かれるのがふさわしい張りぐるみの椅子があり、クッションの下からスプリングが覗いていた。この椅子の横にシーツを掛けられた遺体があった。部屋の中できちんと隠されている唯一のものが遺体だった。

「絞殺か？」

「見てみろよ、エド」窓枠にいる警官が手招きした。

エドはシーツをめくり上げ、唇を引き結んでシーツを元に戻した。「家庭内の喧嘩だろう」

「いや。夫は影も形もない」

「だったら、おまえの見解は？」

「見解……見解か」警官はその言葉を慎重に何度も繰り返した。曖昧で異質な言葉で、警官の語彙とは無関係だというように。「悪いな、エド。おれには何の見解もない。だが、殺人犯は捕まえたと思う。それはいいことだろう」

エドは少し顔を赤らめた。「おまえが持っているのは署名入りの供述書なのか」

「これか？　いや、まさか。こいつはちょいと興味深いものなんだ。ここの机の上で見つけた書きかけの手紙さ。見てみろ」警官は来たばかりのエドとジョンに手紙を渡した。

それは薄紫色の便箋で、いちばん上には金色で「キャサリン・ペティグリュー」という名が浮き彫りになっていた。丁寧な筆跡だったが、文字が乱れている箇所もあった。

〈愛しいあなた

いつお帰りになるの？　あなたが出かけたのがつい一昨日のことだなんて。いろんなことが起こったのよ。この二日間はわたしの人生で最悪の日々でした。怖い思いをしているから、あなたにいてほしいの。とりわけ、わたしが何も悪いことをしていないと知ってほしいんです。水曜日にちょっとした、ばかげたことが起こったけれど、あまりにも些細なことだったから、わざわざお話しする必要もないでしょう。今、ある男の人からお金を強請《ゆす》られています。だからこそ、まずはあなたに事実をお知らせしたいの。きっとあなたは嫉妬なさると思うけれど、もしも本当にわたしが何か悪いことをしたのなら、こんなことはお話ししません。そうでしょう、あなた。

それが起こったのは、つい四十八時間前のことでした――水曜の午後……〉

それで全部だった。読み終えると、エドとジョンは同時にシーツの下の塊をじっと見つめた。

「この手紙の背後にある事実がすべてわかったら、興味深いな」エドが言った。

「ああ」ジョンが同意した。「そうだろうな」

二章　水曜日

おそらく事実は警官たちが推測したよりもはるかに複雑だっただろう。これは単にミセス・ペティグリューだけの話ではなく、六月初旬の暑い午後、とても奇妙ななりゆきから、ほぼ同時に彼女の人生と関わることになった四、五人の物語でもあるからだ。

水曜日の四時十五分前、キャサリン・ペティグリューはトレントン通りのアパートメントの自室にいた。ブラインドを下ろして、扇風機の羽根が単調な音をたてて回る中で座り、窓枠に沿ってゆっくり動く蝿を眺めていた。かなり前からくつろいだ格好で座っていたが、物思いにふけりがちだからではなく、この時間帯はとりわけ暑く、それ以外のことができなかったからだ。モヘア織のソファは彼女の体の熱でじっとり湿っていた。木製の揺り椅子のほうが快適かもしれないと思ったが、それは扇風機の風が来ない場所にあった。キャサリンには立ち上がって扇風機のコンセントを外し、部屋の反対側に差し直す気力がなかった。少なくとも、そうしようという気になるほどのエネルギーはなかったのだ。

測卓《エンド・テーブル》にあった箱から煙草を一本取り出して口にくわえると、ため息をついて投げ捨てた。前の一本を灰皿の中で押しつぶしてから五分と経っていない。この暑さや退屈さに音を上げて降伏すれば、チェーンスモーカーになるだろうと彼女は信じていたし、そうなるまいと心に決めていた。キャサリンにとって、この暑い日々はほかの誰よりも厳しい試練だった。生まれてから二十一年の人生で初めて、イングランドを離れて過ごす夏だったからだ。彼女は前年の冬まで、アメリカ大陸の真ん中に特有の気候があるのを知らなかった。それは、年間の気温の変動があまり大きくない異常な年だった。母国のイングランドでは極寒の冬の日があるし、不快なほど暑い日が夏に一週間くらいあることも珍しくない。だが、ここの気候のようなものは経験したことがなかった。

キャサリンは腕の汗を拭い、しげしげと肌を見つめた。拭ったと思う間もなく小さな玉のような汗がまたいくつも浮かび上がると、隣同士でくっつき合って大きくなり、滴となってギンガムの服に滴り落ちた。ブラインドを下げたのは失敗だったかもしれないと思った。狭い部屋にはたった二つしか窓がなく、濃い影ができると涼しいような錯覚に陥るが、目に喜ばしい影響を及ぼしているにすぎない。キャサリンは立ち上がると、窓辺へ向かった。

ローヒールの靴を履いたキャサリンは、立つと五フィート一インチ（約百五十五センチ）しかなかった。しかし、人々が彼女を「小さなミセス・ペティグリュー」と呼ぶときは、背丈以上の意味が込められていた。意味の一つは、キャサリンの服装が成熟した既婚女性のものとは言いがたかったことだ。まれに正装するときを除けば、いつもあっさりした仕立ての木綿のワンピースを着てサンダルを履いていた。キャサリンが女学生以上の年齢に見えない点は、ほかにもいくつかあった。正確な意味での美女とまでは言えなくても、彼女は美人という大まかな表現が当てはまる多くの女性並みにはきれいだった。髪は黒く、感じのいい丸顔で、無邪気そのものの表情を永遠にたたえるかのように見えた。その点を心得ていた彼女は、誰かが少しでも変わったことを言ったときはいつでも軽い驚きを込めて口を開け、無邪気さの効果を強めた。たいていの人をたちまち虜《とりこ》にしてしまうしぐさだった。自己批判的な気分になったとき、キャサリンは自分が恥知らずだと思った。

キャサリンはブラインドを上げると、狭い通りをしばらく見下ろしていた。今は人の気配もなく、通りの向こうの食料品店の日除けの下に老人が一人立っているのみだ。通りで動くものといえば、老人の横で休む雑種の犬がけだるそうに蝿を打つ尻尾だけ。どこかから四時を告げるチャイムの音が聞こえてきた。同時に、北へ数ブロック行ったところにある大学の塔の鐘が鳴り始めた。大学のすぐ近くに住んでいることをキャサリンが知ったのは最近だった。年季が入った大学の建物は、まわりにある商業施設とほとんど見分けがつかなかったからだ。

キャサリンは目を閉じ、夕食のことを真剣に考えようとした。だが、一人きりの夕食は考える努力が必要なほど価値があるものには思えなかった。夫のチャールズは今朝、新たな仕事の面接を受けるために東部へ出かけた。数カ月前に除隊となってからも、チャールズは空軍で働き続けていた。始めはイングランドで、そして近頃はこの街の近くで任務に就いていた。新しい仕事はおそらく臨時雇いだろうが、もっと実入りのいい別の仕事が見つかるまでの間、経験を積むことができる。キャサリンはそうなることを願っていた。今が最低限の生活——彼女はそんな生活には慣れっこだ——だからというだけでなく、ここの気候に自分が馴染みそうにないと感じていたからだ。

誰かが階段を上ってくる音がしたので、来客かもしれないと希望が湧いた。どんな客でも、一階に住む退屈なミセス・フォルジャーですらも、今日は歓迎できるだろう。細目に開けたドアの隙間から覗くと、二階にあるもう一つの部屋で一人暮らしをしている退役軍人学生の驚いたようなまなざしとぶつかった。彼は階段のいちばん上に立ち、しばらく黙ってキャサリンを見つめていた。

彼の表情にキャサリンは笑いだしたくなったが、どうにかこらえた。状況を考えると、何も言わずに顔をそむけるわけにもいかなかった。

「外は歩けないほどの暑さでしょう」

「ええ、そうですね」ロイ・オブロンスキーは言った。見た目はそこそこの若者だった。身長も体格も平均的だ。外見で唯一の風変わりな点は彼の目で、肉づきのいい顔の両目の間が狭すぎた。そのせいで、とりわけ眉をひそめると、なんだか当惑したような表情になった。この不運な特徴は、彼の話し方によって強調された。些細なことに取り組んでいるときでさえ、重々しく意図的な行動のような印象を与えるのだ。

「ええ、そうです」彼は繰り返した。「ものすごく暑いです」

効果はないものの、キャサリンは手のひらで自分を煽いだ。「そうね、こんなに陽の当たらないところでも相当な暑さですものね」

「ええ、今日はどこへ行ってもすごく暑いですよ」

こんなつまらない会話をこれ以上続けたくなかったので、キャサリンはあとずさってドアを閉めた。今までオブロンスキーと同じ建物に住んでいて、これほど多くの言葉を話したのは初めてだと気づいた。彼はミセス・フォルジャーとたまに話す以外、誰とも言葉を交わさなかった。それにミセス・フォルジャーと話すのも、この気の毒な若者が彼女に通路で引き留められ、国際問題だの自分が読んでいる本だのについて意見を求められるからにすぎなかった。キャサリンは彼らが通路で一緒にいるところに何度か出くわしたことがあった。ミセス・フォルジャーは元気よくしゃべっていて、哀れなオブロンスキーは何度もうなずいていた。真剣そのものの表情を浮かべた真面目そうな丸顔をミセス・フォルジャーに向けて。キャサリンには理由が想像もつかなかったが、ミセス・フォルジャーはオブロンスキーにかなり夢中だった。イングランド人のキャサリンは寡黙な男性に慣れていたが、無口というだけではオブロンスキーの奇妙な態度の説明がつかなかった。階段で出会うと、彼はいつもよそよそしい態度で頭を手で押さえていた。優越感からというより、自衛手段としてそうしているように見えた。そのことがキャサリンにはなんとなくうれしかった。視線一つで誘惑できる力を持つ女だと、わたしのことを思う人がいるかもしれないのよ、とキャサリンは夫に話した。今思い返してみると、夫はその話をあまりおもしろがらなかったようだ。

オブロンスキーは自室の入り口のドアを閉めた。彼の部屋から聞こえてきた音に驚かなかったら、キャサリンはオブロンスキーのことなどたちまち忘れてしまっただろう。それは騒音というほどではなく、少しも謎めいていないどころか、正体がはっきりとわかる音だった。足音、引き出しを開ける音、洗面台の上の金属製の収納棚にコップを置いたときのカチンという音。もともと、二つの部屋は一続きだった。戦後、除隊して住まいに困る若い男たちに何かしてやりたいと思ったアパートメントの持ち主が、一つの部屋を完全に分断するためのドアを注文したのだ。ちなみに、こんな愛国的な行動によって、持ち主が二階の住人から得られる家賃は二倍になった。

しかし、これまでキャサリンは隣の部屋へどれほど明瞭に音が伝わるか気づいていなかった。普段は日中、ラジオをつけっぱなしにしていた。ラジオの音により、隣の部屋から聞こえるさほど不快ではない音が弱められていたのは疑いもなかった。今ラジオを消していたのは、扇風機が動いているせいで電波の受信状態が悪かったからだ。オブロンスキーが椅子を引いて腰を下ろす音が聞こえた。そのあと、キャサリンは彼のことを考えるのをやめた。

暑さで意気消沈させられることの一つは、それが時間に及ぼす影響だ。長くて物憂く空虚な午後が、弛緩して生気がないもののごとく延々と続くように思われた。四時を過ぎてすでに太陽が傾きかけても、気温はまだ頂点に達したままだった。暑さなど気にしないと言い張る人ですら、この時間には家の玄関前の階段に座ってあえぎながら、夕刊を扇子代わりにして煽いでいた。キャサリンは木製の揺り椅子を扇風機の前に引っ張ってきて、ゆっくりと前後に揺らし始めた。どんよりした空気に生気を吹き込もうと、回転する羽根は無駄な努力をしていたが、扇風機のむっとする熱風ではほとんど癒しを得られなかった。キャサリンは椅子を揺らしながら、ブライトンの近くにある海の冷たいしぶきを思い出そうとした。初夏にはたびたび、服がずぶ濡れになり、家に帰って暖炉のそばに行きたいと思うまでずっと海辺に立っていた。けれども、なんとも理不尽な話だが、そのときのことは思い出さずに、ある愚かな少女についての憂鬱な記憶が蘇ってしまった。ちょうどこんなふうに、家で何時間も揺り椅子を揺らし続けていた少女。人生はそれ以上わくわくするものを与えてくれなかったからだ。キャサリンは身を乗り出し、いきなり椅子から立ち上がった。たかだか気温が上がっただけで、人間の生活がここまで退屈で無意味になることが腹立たしかった。

キッチンへ行って蛇口をひねった。最初に出る生ぬるい水が流れ去るのを待っていたとき、背の低い戸棚に夫が置いたままのウイスキーの瓶に目が留まった。夜、汚れてうんざりして仕事から帰ってくると、夫はハイボールを作るのが習慣だった。ハイボールを飲んだ彼は見るからに元気になって、たいていの場合、夕食の時間までにはまずまずの気分になっていた。キャサリンはといえば、これまでの人生で酒を飲んでみたのはせいぜい三回くらいだった。最後に酒を口にしたのはハネムーンのときで、カクテルを何杯か飲んだ。おかげで楽しくなり、ふわふわした気分だったことを覚えている。

キャサリンはウイスキーの瓶の蓋を取ると、グラスに四分の一くらいまで注ぎ、一息に飲み干した。

思ったよりも不味《まず》く、目に涙が浮かんだ。蛇口の下に口を近づけ、流れ出る冷たい水を夢中で飲んだ。そして瓶を取り上げ、失望のまなざしてラベルをしげしげと見つめた。これほど嫌な味がする液体に、夫はよくも楽しみを見いだせるものだと不思議に思いながら。瓶を棚に戻すと、居間に引き返して煙草を捜した。

ウイスキーを飲んだせいで、初めのうちはどちらかといえば余計に体が熱くなった。けれども、だんだんと熱さがどうでもよくなってきたことに気づいた。とはいえ、期待していたふわふわした気分にはなれなかった。それどころか、腹部と太腿に浮かぶ汗が増えて、さっきよりも体の状態を意識するようになった。突然、キャサリンは立ち上がり、ワンピースのボタンを外しだした。ワンピースを脱いで椅子の背に掛ける。それからスリップを脱ごうと手を伸ばし、汗ばんだ肌から急いでむしり取った。脱いだスリップをワンピースの横へ放り投げる。扇風機の真ん前に立った。パンティとブラジャーだけのキャサリンの全身が露わになった。服装に無頓着だったせいで隠れていたが、初夜のおりに夫をかなり仰天させた体だ。軽く酔っていたものの、彼女は楽々とバランスをとりながら、扇風機の風が来る真ん中にほっそりした片脚を突き出した。たちまち汗が蒸発し、脚がひんやりする。こんなふうに立ったままむき出しの白い脚に風を当てていると、身も心も高揚してくる。

虚栄心は強くなかったが、より優美に見せたいという女らしい習慣を働かせて爪先を伸ばした脚を眺めているとき、キャサリンは自分の体を値踏みするように観察せずにはいられなかった。アルコールに不慣れな人にありがちだが、彼女はいつも見ている自分の肉体の奇妙な側面に心を奪われていた。きめ細かい肌の繊細に震える体を眺めながら、上げた脚の爪先を動かすだけで手足の筋肉が波打つようにすばやく揺れるという驚くべき事実に気づいた。すると、めまいがしてバランスを崩したので、上げていた脚を降ろして体勢を安定させた。

　キャサリンは窓辺に寄って、窓枠の外に取り付けられた温度計を調べた。温度を示す赤い水銀は華氏百三度（摂氏三十九・四度）で止まっている。おかしな話だが、気温が百度を超えたのを見てうれしかった。科学に基づいて、みじめな気分をあらかじめ予測できるし、母国の友人たちが次の彼女からの手紙を読むときに同情のこもった感想を言うだろうと想像したからだ。さらに、これほど最悪の時期の気候を乗り越えてきたのだと思うと、喜びの気持ちが高まった。

　窓際に立ったキャサリンは、下の歩道をとてもゆっくりと歩いている人間を意識し始めた。見下ろすと、こちらを見上げる野球帽をかぶった背の高い若者と目が合った。視線が合ったとたん、彼は立ち止まった。

　そのときの自分の行動について、筋が通る説明をキャサリンは思いつけなかった。あとになって考えてみると、酔ったせいで荒々しくなった衝動に負けたのだろう。もしかしたら酒のせいだったかもしれないし、暑さのせいだったとも考えられる。熱気そのものが人を酔わせていたからだ。あるいは、一時的な歓喜の気分の頂点で、その男性を招き入れたいとキャサリンが願ったのかもしれなかった。低い窓の外から全身が見える位置に立ったまま、小柄なキャサリン・ペティグリューは口の両端を上げて物憂げな微笑を作った。

　そのとたん、彼女は品のない軽率さに気づき、窓からあとずさった。そんな行動をとったことに何の意図もなかったが、愚かな振る舞いだとわかったからだ。けれども一瞬の出来事で、取るに足らないことだったから、たちまちキャサリンは考えるのをやめた。酒による高揚感が消えると、また無気力で不快な気分になり始め、そのつらさのほうが強かった。まだ四時半にもなっていない。キャサリンは揺り椅子に体を預けると、午後遅い時間の往来の騒音に耳を澄まし、何か起こらないものかと願った。

2

十分間、もしかしたらもっと長い時間、男は暗い戸口に立っていた。細身の体を緊張させ、ミセス・ペティグリューの家の窓に視線を据えたまま。その間、汗で湿った手からもう一方の手に小さな包みを一度持ち替えた以外、身じろぎもしなかった。そしてシャツのボタンの間から手を差し入れて胸に当てた。制御できないくらいどきどきと打つ心臓の動きを鈍らせようとでもするように。そばに寄って観察すれば、男の視線には熱心すぎるほどの凝視だけでは説明がつかない、奇妙なところがあることに気づいただろう。生命を構成する何かが失われたように薄い色の目には生気がなく、向こうが透けて見えそうで、何を考えているのかわからなかった。この特徴と、痩せこけた顔にやたらと流れ落ちる汗のせいで、恐怖に憑《と》りつかれて声が出ない人という印象を与えた。

男は野球帽のひさしを引き下ろし、誰かにつけられているかのように、道の両方向をこっそりとうかがった。一見したときに受ける印象ほど背は高くなかった。細身の体型のせいで高く見えるのだ。しかし、女性と変わらない大きさの手には、骨と筋肉が生み出す以上の神経の高ぶりが伝わっているようだった。しばらくすると、彼は歩きだして建物から離れた。しぶしぶといった感じで歩き、何度も振り返る。ここから離れがたい様子だったが、やがて角を曲がった。

男がさっきよりも速足で歩き始めると、ギクシャクした奇妙な動きがよりはっきりしてきた。頭がぎこちなく上下して、足を出すたびに転びそうだ。不器用な足取りと釣り合いの取れない身長が相まって、急激に成長したせいで体幹が充分に鍛えられなかったように見えた。何ブロックか歩くと、彼は看板が出ている店に立ち寄った。「シュミットのペットショップ」と書いてあった。

禿頭《とくとう》の小柄なペットショップの店主が奥から出てきた。やってきた客が使い走りだとわかると、力ない微笑を浮かべた。

「ああ、ウォルター、よく来てくれた」店主は言い、包みを受け取ってカウンターに置いた。「ホテルまで行かなければならないかと思っていたよ。来てくれて本当にありがたい」

シュミットには完全無欠なところがあった。繊細な顎の下には蝶ネクタイがきちんと結ばれ、糊のきいた真っ白な袖口には金のカフスボタンがしっかりと留まっている。訪れる客の鼻をいろいろな動物の好ましくないにおいで迎えることになるから、自分の役割は高貴さを醸し出すことだと思っているのかもしれない。シュミットはポケットに手を入れると、二十五セント硬貨を一枚取り出した。こんな気前の良さはいつものことだと言わんばかりの退屈そうな雰囲気を装って、ウォルターの手のひらに硬貨を落とす。

「手間賃だよ、ウォルター」

長身の男は無言で二十五セント硬貨をポケットに入れ、踵を返した。鸚鵡《おうむ》の止まり木の前を通ると、鳥は体を伸ばして羽根をバタバタさせ、甲高い声をあげ始めた。だが、今日のウォルターは鸚鵡には目もくれずに急いで通り過ぎた。

ウォルターはまたもトレントン通りに戻り、さっきと同じ戸口に滑り込んだ。今度は長居をしなかった。今や人通りが多くなっている。男たちは職場から帰ってくるところで、子どもたちは夕食のために家へ戻る。食料品店の上にあるアパートメントに通じる戸口は見知らぬ者がぶらつくには不適切なところだった。弁当箱を持った男がうさん臭そうな視線を向けて横を通り過ぎたとき、ウォルターは野球帽のひさしを目深に下げ、急いで家路についた。

ウォルターにとってのわが家は、〈キャッスル・ヒル・ホテル〉の焼却炉がある地下室だった。見てくれは良くなかったが、この部屋は街でもっとも快適な場所の一つなのだ。夏はとても涼しいし、人々が冷えたシーツを湯たんぽで温めている冬には、ウォルターは火格子の中で真っ赤に燃える石炭を眺めながら上掛けをはねのけて横になっていることがよくあった。〈キャッスル・ヒル・ホテル〉はさほど大きなホテルではなかった。寒い季節に火を絶やさないようにするほか、ウォルターはごみの処理や配管工の手伝い、支配人の雑用を引き受けていた。その見返りにベッドと厨房での食事と週に十五ドルが与えられた。ウォルターはこういう任務をつまらなそうな様子も誇らしげな様子も見せずに果たしていた。単純な業務でも彼にとって複雑に感じられると、やり終えるまで何時間もかかることが多かったが、文句を言う人はいなかった。働いていないときのウォルターはたいてい、焼却炉がある部屋の寝台に靴を脱いで寝そべっていた。

ホテルで暮らし始めてからの二年間、ウォルターには一人の友人もいなかったが、いっぽうで誰からも憎まれることはなかった。人々はウォルターを避けたが、情緒不安定な人間であるとか信用できない人間だと思っていたわけではない。特にこれといって情が湧く相手ではなかっただけだ。少しでもウォルターのことを思う人たちは、孤独な人に誰もが感じるような軽い哀れみの気持ちで見ていた。地下にある部屋を訪ねる人はほとんどいなかったが、ウォルターは気にしなかった。だが、ホテルの一部を自分が支配しているという彼の思いは強まっていた。

夏になって焼却炉に気を配らなくてもよくなると、ウォルターは持て余す時間が多くなった。ときには宿泊客からウエスタン雑誌やコミックを束でもらった。長い時間、色鮮やかな表紙の写真をしげしげと眺めたあと、ウエスタン雑誌はごみ箱にこっそり捨てた。コックの一人が目を留め、ウォルターは字が読めないのだと結論づけた。本当のところ、それはまったくの事実でもなかった。ウォルターはだいたいの単語は読めたが、異常なほど想像力がないので、印刷されたページから空想の世界へと飛ぶことができなかったのだ。コミックのほうがましだったが、これにもあまり興味が持てず、四角から四角へと根気強く目を動かして眺めるだけだった。それぞれの四角がほかの四角と何の関連もない独立した絵であるかのように。ウォルターはたいてい、ただ眠っているか、天井を走るパイプの迷路を横になって見つめていた。

二十六年生きてきて、ウォルターは誰とも親しくなったことがなかった。だが二つの例外を除けば、世間から痛めつけられたり、憎悪の対象にされたりしたこともない。例外の一つは、そもそも起こるはずのことではなかった。

戦時中、許しがたいほどいい加減な徴兵委員会から入隊を命じられ、ウォルターは収容センターに送られた。このときでさえ、激化していく収容センターの混乱状態に彼はのみ込まれ、なんとなく環境に適応できない影の薄い存在という程度の厄介事しか起こさず、野外トイレの業務担当や炊事兵から昇格することもなく、その状態に耐えただろう。しかし、ウォルターは不器用なため、訓練の場で一同の嘲りの的になってしまった。さまざまな悪ふざけの犠牲者になり、何をされてもむっつりと口をつぐんでいた。すると、収容センターに入って六日目の夜、軍隊での生活において特筆すべき出来事が起こった。その日の夜遅く、兵舎での悪ふざけによってスプリングを外されたせいで、ウォルターが腰を下ろしたとたん簡易ベッドが壊れてしまったのだ。ウォルターが逆上したのは、このたった一回の侮辱的な仕打ちのせいだけでなく、積み重なった数々の屈辱が原因だった。彼は隣のベッドの兵士を捕まえて気を失うまで首を絞め、六人もの兵士によって引き離されるまで手を緩めなかった。兵士たちは容赦なくウォルターを殴り、兵舎の階段から蹴り落とした。それから何日かウォルターは痛みに耐えながら衛兵所で過ごした。間もなくすべては終わった。ウォルターはひ弱そうな若者と一緒に列車に乗せられて家に帰されたのだ。その若者の優しくて気が利きすぎるほどの態度に、ウォルターは残忍な兵士たちの態度に対する場合と同じくらい戸惑った。

もう一つの出来事は、ウォルターがもっと若い頃に起こった、さらにわけのわからないものだった。心の成長が追いつかないほど急激に体が大きくなったことは、僻地である故郷にいたときはハンディキャップにならなかったが、ここでも造物主は彼に不公平な仕打ちをした。ウォルターは少々口ごもる癖があった。人々から奇妙な目で見られるくらい、言葉が滑らかに出てこなかったのだ。どうしても目立ってしまうため、ウォルターが幼い頃に取った自衛手段はひたすら人と関わらないことだったが、人口が三百人にも満たない町ではすこぶる不向きな方法だった。ウォルターは十四歳で退学し、町のあちこちでいろいろな単純作業をしていた。体格が良かったから、雇い主たちは過度に力が求められる仕事をさせたがり、ウォルターは常に最善を尽くした。褒められそうなことはそれしかなかったからだ。十七歳になったときにある出来事が起こり、町での暮らしに終止符が打たれた。

ウォルターは町はずれに住んでいる郵便局長のためにずっと薪割りの仕事をしていた。ある日、働いていると、九歳か十歳くらいの少女がやってきてウォルターをじろじろと見た。最初は彼も無視していたが、少女は真剣な顔で長々と話し始めた。それまでウォルターにそのように話しかけた人はいなかった。自分が履いている新品の靴についてどう思うかと尋ね、ウォルターが返事をしても驚いた様子も見せなかった。背が高いのね、と称賛するようなことすら言った。あたしも同じくらいの背丈があれば、この頭の上にある枝から林檎をもぎ取れるのに、と。

それに対するウォルターの行動については問題ないとか、倒錯している、邪悪だ、親切だというふうに、次第に増えていった傍観者からさまざまに表現された。ウォルターは少女を抱き上げたのだが、ふざけてやったのだと断言する者もいた。少女のほうはどうしたかといえば、一晩じゅう泣きじゃくっていた。もっとも、彼女は芝居がかったことの好きな子として知られていた。父親でさえ、本当に娘が嫌なことをされたのかどうか確信が持てなかった。結果的にウォルターは、保安官から五ドルを渡されて町から出ていくように言われた。その後、何年かウォルターは果実の摘み取りや片手間仕事をしながら放浪していたが、やがて〈キャッスル・ヒル・ホテル〉を住まいとすることになった。

ウォルターはいつも今時分は夕食をもらうために厨房へ立ち寄る。しかし、今日は腹がすいていなかった。地下にある自分の部屋へまっすぐ向かった。靴を脱ぎ、うつぶせでベッドに寝る。興奮の刺激は薄れ、ひどく疲れを感じた。ウォルターはたちまち眠りに落ちた。

一時間後、目を覚ましたウォルターは横向きになり、薄暗い部屋の奥を見つめていた。ここには窓がない。唯一の出入り口から入ってくるほのかな光が焼却炉の向こうに当たっていた。普段のウォルターはベッドの上の明かりをつけずに横になって目を開けているのを嫌った。暗闇は大嫌いだった。けれども、彼は起き上がろうとしなかった。横向きに寝たまま首を回し、十月の終わりまで火が入ることのない、冷えた巨大な焼却炉を見ていた。

ウォルターは少し目を細めた。いつもなら、彼の外見には邪悪そうなところなどないが、かすかな明かりしかない部屋は息苦しいほど地下牢に似ていた。身を乗り出したウォルターの青ざめた顔は、曖昧な記憶をなんとか取り戻そうとしている正気を失った囚人のように、奇妙なほど何かに憑りつかれた表情だった。これまでのウォルターの人生では、きちんと服を着た状態でも、まともに顔を見てほほ笑んでくれる女など一人もいなかった。

しばらく経つと、ウォルターは床に脚を下ろし、ベッドの下に手を伸ばして靴を取った。

3

キャサリン・ペティグリューにとっては不運だったが、あの午後、彼女が衝動的に肢体をさらしたところを目撃した人はウォルター以外にもう二人いた。一人はマイラ・フォルジャーで、キャサリンの下の階に住んでいた。

四時を少しまわった頃、マイラは通りを渡って向かいの食料品店へ行った。店に入る前から買う物は決めていたが、くだものを指でつまんだり、手際がいいから見られているはずはないと思いながらすばやく葡萄《ぶどう》をつまみ食いしたりして、しばらく時間稼ぎをしていた。急いではいなかった。それに、どれを買おうかと迷うふりをして店員を待たせておくと、ささやかながらも権力を手に入れたような気がしたのだ。なかなか決められないといった態度でマイラは棚から棚へと移動し、いっぽう食料品店の小柄な店主は心配そうに両手を組み、控え目に商品を勧めながら彼女のそばをゆっくり歩いていた。

「お探しの品ならわかっていますよ、ミセス・フォルジャー——おいしくて支度が楽なものでしょう。

ニューバーグ風ロブスターの缶詰を召し上がったことはありますかな？　とても珍しいものですよ」

「あら、だめよ」マイラは残念そうに首を横に振って提案をはねつけた。「うちの主人は海産物をいっさい受けつけないの。それどころか、ビーフステーキじゃないものは何でも胡散臭いと思うのよ」

一瞬、共謀者めいた微笑を交わしたあとは、二人とも、もう何も語る必要がなかった。肉や野菜や実用品しか欲しがらない勤め人が暮らすこの界隈では、ここのような食料品店が繁盛しない可能性もあった。だが、どうやら利益の上がる商売にしてくれるミセス・フォルジャーのような客が充分いるらしかった。この味気ない小さな店のアンチョビやキャビアの缶詰、スパイス漬けのくだものの缶詰、ローストしたロングアイランド・ダックが丸ごと入っている缶詰の載った棚の間で、普段はほとんど抱くことのない優越感に浸る喜びをマイラは味わっていた。

彼女は手が届かないところにある棚の缶詰を指さした。「あの小さなウインナーソーセージの缶詰をいただくわ。こんな天候ではコンロの前に立つ気にならないもの」

「まさにそのとおりですよ、ミセス・フォルジャー」

店を出ると、マイラは日よけの下でひと息入れてから陽光の中へと歩きだした。そのときだった。一台の車が通り過ぎるのを待っていた彼女は何もかも見てしまったのだ。

部屋へ戻るなり、マイラはカーテンの陰から外を覗いたが、さっき歩道にいた男はいなかった。ややあってから彼女はソファに横になり、濡れたぼろきれを額に乗せた。しばらく起き上がれなかったが、こんなふうに寝ていても、安らいでいるわけではなかった。何度となく落ち着かなげに突発的に動いていたのだ。マイラはあっちを向いたりこっちを向いたりし、細い指を関節が白くなるほど組んでいた。

この女が目撃者の一人になったのは、ミセス・ペティグリューに対して運命が寛大ではなかったということだ。確かに、マイラが目にしたのは恥ずべき光景だったが、想像することに飢えていた彼女は、見たものの印象を引き伸ばしてエスカレートさせた。たとえば、英国女が懇願するように眉を上げ、歎願するがごとく頭をのけぞらせたのを見たとマイラは確信していた。とにかく嫌悪すべき場面だった、と。

少し経つと、マイラはひどく温もって煩わしくなったぼろきれを頭から取って起き上がり、鏡に映った自分と対面した。しげしげと我が身を眺めながら、あれほど腹が立ったのは、恥ずべきものを見た以外の理由があったのではないかと思わずにはいられなかった。嫉妬のせいなのか？

確かに、マイラは美人ではなかった。三十八歳の今、彼女の自慢だったふさふさの茶色の髪には早くも白いものが混じり始めていた。目は表情豊かで瞳の色も濃いのに。何年か前、夫が衝動的に誰かの詩を引用し、彼女の瞳にはゆっくりと燃える炎が現れていると言ったことがあった。彼にしては最高に雄弁な言葉だったが、同じような台詞は二度と口にされなかった。理由の一つは彼が最近あまり酒を飲まなくなったからで、もう一つは、そんなことを言う気分にならないからだった。残念ながら、その目のせいでマイラは実年齢よりもやつれて見えた。昼寝をして休んだあとでも、ごく軽い仕事をしただけで、疲れてげっそりした感じだったのだ。

マイラはちらっと時計に目をやってため息をついた。活気のない時間だけが続く一日は、夕方の五時前には完全に終わってしまいそうだった。だからこそ、あの英国女が興味深い行動をとったことがありがたいと感じられたのだろう。電話でおしゃべりして忙しい夜を過ごし、満ち足りてベッドに向かう女たちは多い。道徳的に正しいことを成し遂げたという幸福感では、俗物根性を満足させられないからだ。マイラの場合、俗物的なものへの関心は病的なほど強かったのだが、信頼してそんな話を打ち明けられる相手が一人もいなかった。

三十分後、夕食の支度をしている間にミスター・フォルジャーが帰ってきたが、マイラの気持ちが上向くわけでもなかった。夫は夕刊を小脇に抱えて裏口から入ってきた。キッチンの椅子を引いて無言でテーブルにつき、新聞のスポーツ欄を広げた。ミスター・フォルジャーは四十五歳のずんぐりした男で、薄くなりかけた髪はパサパサで、赤ら顔だった。ミッキー・マントル（ニューヨーク・ヤンキースで活躍した野球選手）の写真を見ようとかがみ込んだとき、毛深い筋肉質の前腕の汗が新聞に染みをつけた。食卓の用意が始まるまで、彼は妻が室内にいることすら気づいていなかった。彼女が銀器を落とした音に驚いてミスター・フォルジャーは顔を上げたが、相変わらず黙っていた。

マイラが腰を下ろして二人で食べ始めてようやく、話を始めるかとでもいうようにミスター・フォルジャーは妻と目を合わせた。二人の会話にはいつもある種のぎこちなさがあった。互いに好意を持っていないという理由が大きかったのだろう。だが、そんな状態に概して無関心だったから、ミスター・フォルジャーは会話を試みることが多かった。

「今日はとんでもなく暑かったな」彼は溶けたバターの池にぐさりとナイフを突き立てながら言った。

マイラはこの陳腐な言葉に薄笑いで応えた。結婚して九年経った今、彼のつまらない発言に無骨な魅力があると自分に言い聞かせたことがあったなんて、とても信じられなかった。一人でいるとき、夫の発言をいくつか思い出して不意に大笑いすることがあった。彼女が近所の住民から変わった人だと思われる理由の一つがこれだった。近頃、マイラは前よりも夫が耐えがたくなった。品がなくて安っぽい彼の些細な行動が、意図的なものではないとわかったからだ。長い間、マイラは自分に夫と同じくらいの力があると信じることでなんとか満足感を得てきた。だが、夫が決して積極的に彼女を憎んでいるわけではなくても、長年、やや嫌悪の対象として見てきたことはもはや疑いようもなかった。マイラが言うことなすことに彼はまったく無関心なので、彼女が抜け目なく立てた報復の計画はどれも全然気づかれなかった。

「うまいポテトサラダだ」ミスター・フォルジャーは愛想良く言った。マイラは料理が上手だったし、ポテトサラダは彼の好物だった。彼は立ち上がって冷蔵庫へ行き、一クォート入りのビール瓶を取り出した。

「おまえもどうだ?」コップを掲げながら訊く。

マイラはぼんやりと首を横に振ったが、いきなり気が変わった。「そうね、コップに一杯だけお願い」

マイラは水滴のついたコップを受け取り、青ざめた頬に押し当てた。食欲もないのか、料理はひと口かふた口だけ食べて皿を押しやった。

意外にも夫がそのことに気づいた。「暑さにやられたのか?」彼は訊いた。

マイラは立ち上がると、コップを持って、開け放した窓辺に行った。「ええ、暑さと、この」――コップを持った手でぐるりとあたりを指し示し――「この茫漠とした草原のせいよ。どこかで終わらないものかしら?」

奇妙な発言だと思ったようで、夫はそう口にした。マイラと違って現実的な彼は、彼女が立っているところから三十ヤード（約二十七メートル）は離れていない絨毯クリーニング店の建物の堅固でくすんだ色の煉瓦を見分けられた。

「おまえたち女の問題は、女だけで無駄話をしすぎることだな。だから、わけのわからないことを言うんだ」

妻が返事をしないのを見て、なかなか賢明な意見を言ってやったと彼は思った。妻にこれっぽっちも関心がなかったから、彼女に友達がいないことに少しも気づいていなかった。あらゆる女は小うるさくておしゃべりだと彼は推測していたが、妻がそんな女たちと違うという考えは一度も頭に浮かんだことがなかったのだ。

マイラは物憂げに片手で目をこすりながら、みじめな光景を意識から締め出した。しばらくの間、心の中のイメージに集中していたが、そのばかげた様子を見ていたミスター・フォルジャーがいらだちを募らせ、鋭い音をたててフォークを置くまでのことだった。

マイラは目を開け、繊細な空想の生地に穴が開いたと言わんばかりに非難のまなざしで夫を見た。

「また頭痛か?」彼は尋ねた。

「いいえ」

「だったら、いったいどうしたんだ?」

マイラの唇からかすれた軽い笑い声が出た。深くくぼんだ黒い目が軽蔑を込めて夫を挑戦的に見る。

「どうもしないわよ」

ミスター・フォルジャーはその答えに満足したようだった。下を向き、無頓着に音をたてて料理を咀嚼し続けた。

マイラは居間に行った。しばらくすると夫もやってきて、靴を脱いで椅子にどさっと腰を下ろした。

マイラはあまりビールが好きではなかったが、冷たさは心地良かった。そして、自分が途方もなく無気力になっていると気づいた。手がふさがり、何もしなくても済む――コップを持ち上げることさえしなくていい――口実を与えてくれる作業がありがたかった。

半分閉じたまぶたの間から彼女を眺めていたミスター・フォルジャーは低い笑い声をあげた。

「おまえはビールが好きじゃないと思っていたよ」

マイラは顔を赤らめた。「あら、わたしは一度もそんなことを――」

「いや、言ったとも。つい先週、ビールは汗臭い工場労働者のための飲み物だと言ったじゃないか」

マイラは肩をすくめた。「シェリー酒のほうが好みだって言っただけよ。それが事実だし」

ミスター・フォルジャーはふたたび笑い、組んだ両手を腹に乗せ、軽いげっぷをした。

珍しく夫に上品さをからかわれたのだとマイラは気がついた。夫が上機嫌だということだろう。彼女は慎重にビールを口に運びながら、その日の午後に起こったことを話そうかと考えた。夫はきっと興味を持つだろうし、どんなことを言うだろうかと、軽い好奇心すらあった。彼女が今でも驚いてしまう、いかにも男らしい態度の片鱗が夫にはあったのだ。だが、実際には自分が何も言わないに違いない、夫には話さないはずだとマイラはわかっていた。お返しにおもしろい話をしてもらえるわけでもないのに、これほどの出来事を聞かせるのはもったいない。

物憂げにコップを手の中で回しながら、マイラはもっとも興味深かった場面にまたしても思いを馳せた。あの男は英国女の誘いに応えたのだろうか。ある意味、それを見届けるまでいなかったことが残念だった。けれども、なんといってもまともな女は好奇心を控え目にしなければならない。とにかく、驚いたからといって好奇心を正当化できるわけではない、とマイラは自分に言い聞かせた。彼女はアイルランド人だった。戦時中に繁華街のピカデリーでの売春婦たちの行為について聞いたとき、マイラが父から偏見を受け継いだことが明らかになった。売春婦の安っぽい策略にまんまと引っかかる若者が大勢いたことは残念だった。

もちろん、マイラはたちどころにあの英国女、ミセス・ペティグリューの本性を見抜いた。彼女に会ったとたん、見た目どおりの人間ではないと見破った——魅力だと誤解する人の多い、無邪気さと愛想の良さという仮面の下にある素顔がわかってしまったのだ。あの若者は自分の背後でどんなことが起こったのか知る権利があると、マイラは思った。あいにく、ある状況のせいでマイラの立場は複雑だった。ミセス・ペティグリューは親しみを持ってマイラに接してくれる唯一の人間だったのだ。たまに彼女たちは連れ立って買い物に出かけることもあった。ときどき英国女は、優しい感じの見え透いた口調で、アメリカの習慣についての些細な事柄をマイラに相談した。年下の女性から友人として話しかけられるのは悪い気がしなかった。そんなふうに話す人はほとんどいなかったのだ。だが、今のマイラは体裁を繕うための隠れ蓑として自分が利用されていたとなんとなく感じた。

マイラは夫をちらっと見やった。すでに耳障りないびきをかいていた。湿った靴下の足裏は、朝に彼が靴の中にはたくタルカム・パウダーで白くなっている。その甘ったるくて胸の悪くなるようなにおいにマイラはたじろいだ。

「ひどいものね」彼女はつぶやいた。

夫の頭は不自然な格好で前に傾き、緩んだ襟の下に顎が埋もれていた。彼は胃にもたれる食事に敬意を表して、ズボンのファスナーを少し降ろしていた。柔らかくて奔放な腹の膨らみが露呈し、茶色のベルトの上で不愉快なほど白く見えた。こんなふうにくつろいでいると、彼は年老いてもろそうに思われた。夫の椅子の背越しに手を伸ばして夕刊を取りながら、この人を殺すのは簡単だろうという途方もない気まぐれな考えがふと浮かんだ。マイラは息をのんだ。そんな常軌を逸した考えがしじゅう浮かぶことが恐ろしかった。つい昨日も、家の前の歩道で遊ぶ小さな子どもを見ていたとき、その子がトラックのタイヤの下敷きになるというおぞましい事故の光景を思い描いてしまった。本当にそんな事故が起こったかのように、彼女は一瞬、動揺したのだった。

マイラは震える両手でビールのコップを持ち上げた。けれども、動揺したことをたちまち忘れた。上の階でドアのバタンと閉まる音がしたのだ。マイラは音をたてないようにコップをエンド・テーブルに置き、立ち上がった。ちょうどこの時分、学生のミスター・オブロンスキーは家を出て図書館へ行くことが多い。そんなに厚かましく思われないくらいの頻度で、マイラは階段に面した居間のドアをさりげない素振りで開けたものだった。彼と話すことをとても楽しみにしていたから、あまりにも見え透いた口実のほうがプライドよりも優先された。マイラは急いで部屋を横切ると、書棚の上の整理棚から一通の古い封筒を取り、消印のある切手を剝ぎ取って、ドアへ向かった。

ゆっくりした足取りで階段を下りてきた男性は踊り場で立ち止まっていた。マイラはドアを開けた。それはミスター・オブロンスキーで、確かに図書館へ出かけるところだった。少なくとも、彼は腕いっぱいに本を抱えていた。

「あら、オブロンスキーさん。ご機嫌いかが？」陽気な驚きを装った口調は実にわざとらしかったから、マイラは恥ずかしさで顔が熱くなるのを感じた。

いつもそうなのだが、ミスター・オブロンスキーはぎょっとした様子だった。自分の名前を呼ばれるのを聞くことに慣れていないかのように。

「まさか、この暑さの中、勉強しに出かけるわけじゃないわよね」

彼は弱々しく笑った。「行かなければならないので」

マイラは気づかわしげにミスター・オブロンスキーの顔に目を走らせた。こうして顔を合わせることを一種のデートだと、彼も少しは思っているしるしがないかと探していた。

「どうして耐えられるの。こんな天候だと、わたしなら夕刊を読むだけで疲れてしまうのに」

マイラは自分の発言を彼の不屈の精神に対するお世辞と受け取ってもらうつもりだったが、相手は落ち着かない様子で本を持ち直し、視線をそらしただけだった。

「そうですね。もっとやるべきことがほかにあるでしょう」

こう言うと、ロイはドアへ絶望的なまなざしを向けた。マイラはとっさにうまい返事もできずに立ちすくみ、二人の間にはぎこちない沈黙が広がっていった。マイラにとってひどく骨が折れたのは、ロイが彼女以上に話を続けるための会話の才能に欠けていたことだった。彼が何を言っても、話はそこで終わりになってしまうのだ。だから、マイラは絶えず新しい話題を必死に絞り出さねばならなかった。

不意に、マイラはいいことを思いついた。「わたしがずっと手に入れたいと思っている本があるの。悪いけど、大学の図書館で訊いてもらえないかしら。つまり、ご迷惑でなければってことだけれど」

「かまいませんよ」彼は言った。「ただ、今夜は公共図書館しか行きませんが」ロイはためらった。

「そこで何か借りてきましょうか?」

「あら、お願い。そうできれば」マイラはこの提案をとてつもなくすばらしいものであるかのように思った。「本の題名は『長生き《ダイ・オールド》』とかいうものよ」

若者は眉を寄せた。「ドイツ語の本ですか?」

「いえ、違うわ。『体力を温存して長生きする』とかいう題名なの。きっと聞いたことがあると思うの。ちょっと考えてみてちょうだい」

マイラの指示を聞いてロイは考えるようなそぶりを見せたが、そうしたところで無駄だった。「どうにもそんな本は——」

「どこかのお医者さんが書いた本なのよ。この間、書店で何ページか目を通したの」

ロイは小さなメモ帳に何か書いた。「その医師の名前は?」

「いえ、本当にわからないの。ケスターソンとかケトルソンだったかと——」彼女自身、馴染みがなく、ありそうにもない名前だった。「公共図書館へ行くのなら、わたしもご一緒してかまわない?」

「かまいませんよ」

マイラはバッグを取りに家の中に戻り、部屋を出る途中で鏡の前に立った。髪に手をやり、微笑する。これで今日の午後、目撃したすべてを彼に話す機会ができるだろう。それは自分たちの友情に必要な内輪のささやかな話にすぎなかった。

4

その日の午後のことを目撃していた最後の人物はミセス・ペティグリューの人生に影響を与えはしたが、直接的にではなかった。

デイヴィッド・ウィークスという名の若者が、ペティグリュー家のアパートメントから通りを挟んで真向かいの建物に住んでいた。彼は窓辺に座って切手のコレクションを調べながら午後のほとんどを過ごした。秋になれば大学の二学年が始まる。夏期講座に参加する計画はなかったが、生まれてから十七年間を過ごした「あの退屈な集落」に戻るよりも、街に残るほうを選んだのは彼の意思だった。そう決めたことで乏しい家計に負担がかかったが、デイヴィッドは肉体労働をして補塡する気にはなれなかった。とにかく、そんな手段はあらゆる方法を念入りに調べた結果、ほかに打つ手がない場合に初めてとるものだろう。そんなわけで、彼は所有の喜びを味わいながらではなく、市場に出した場合の価値を測りながら、切手コレクションを分類して仕分けていた。

切手コレクションを手放してもいいと思うもう一つの理由は、親戚がクリスマスプレゼントにもっと有益なものではなくて切手を贈ってきたからだ。デイヴィッドがやめさせなければ、おそらくそれは何年も続くだろう。親戚は年に一度しかデイヴィッドのことを思い出さないので、彼の変化など考えもしないからだ。デイヴィッドは作業が退屈すぎるせいで眠くなった。しょっちゅう手を休めてはコップにレモネードを注いだり、近所の猫にチーズウエハースをやったりした。どのみち切手の収集なんてばかげた趣味だ。ある種の透かしがたまたま入っているからとか、十一個ではなくて十・五個の穴が開いているからといった理由で、ちっぽけな紙切れに夢中になっていたとは。こんな簿記みたいな作業をする羽目になっても仕方ない。デイヴィッドは二年前の十六歳の頃、熱心に切手収集をしていた自分を思い出して恥ずかしくなった。とにかく、そんなふうに感じるのは、今の彼がかなり成長したということだろう。

切手のアルバムを閉じて、デイヴィッドは猫を撫で始めた。猫はあまりチーズウエハースが好きではないらしく、もらえるごちそうが同じものだとわかるたびにがっかりしていた。猫はチーズウエハースを湿気るままに放置して椅子の足元で丸まり、おいしいごちそうを期待して何度も何度も頭を上げた。信頼のあかしの見返りに、デイヴィッドはミルクをあげようと立ち上がった。しかし、冷蔵庫を開けると、ボローニャソーセージの塊と六本ほどのソーセージしかなかった。彼は猫とボローニャソーセージを分け合った。そして窓辺の椅子に戻った。デイヴィッドは不機嫌だった。思ったよりも財政状態が悪かったのだ。これは彼の計算違いだけが原因ではない。実を言えば、二カ月前にこの部屋を借りたとき、ヒューバート伯父がここで暮らすことになるとは予想もしなかった。

デイヴィッドはヒューバート伯父に何年も会っていなかった。ある晩、この年老いた伯父はくたびれた小型鞄を手に、粋な姿というよりはみすぼらしい風体で戸口に現れた。彼の話によると、仕事の途中でこの街を通りかかったと言うのだった。しかし、それはもう二週間も前のことだ。

大げさすぎるほどもてなした自分が悪かったと、デイヴィッドにはわかっていた。彼は伯父の滞在が何か愉快なことだと思っていたのだ。母の兄についてはいつも何かしら謎めいた噂がつきまとっていた。それは伯父が生計を立てる手段と関係があったに違いない。家では伯父の名を口に出すことが禁じられていたから、デイヴィッドはそれ以上は何も知らなかった。残念ながら、ヒューバートのどの言葉からも謎は明らかにならなかった。どういうものであれ、伯父の仕事には興味を引かれた。伯父はロサンゼルスの事務所から来たばかりだと言った十分後には、ボストンから来たと言った。デイヴィッドはそんな細かい地理的な事柄など無視してもかまわなかった。ヒューバート伯父はそういうことを気にしていなかったからだ。だが、ヒューバート伯父の別の習慣に関しては、彼の正直さにデイヴィッドは不快な結論を出さざるを得なかった。

ヒューバートが甥から金を借りなかった日は一日もなかったし、それを返す段になると、都合良く記憶がなくなった。デイヴィッドの手持ちの金はヒューバート伯父が現れる前ですら、予定よりも早く消えつつあったのに。幸運にも、デイヴィッドの誕生日が五月の二週目にあったため、母から五十ドルが送られてきた。しかし、現在、財布の中にはたった一枚の一ドル札しかなかった。何か行動を起こさなければならない。切手のコレクションを見積もってもらうには数日かかるだろう。デイヴィッドはしぶしぶ便箋を取り出し、「拝啓、母上様」と書いた。

しかし、そう書いても、手はそこで止まってしまった。家への手紙にヒューバート伯父のことを書くつもりはなかったが、ほかに金がなくなった理由を書く気にもなれなかった。さらに、彼はあまりにもすらすらと出てくる言葉に懐疑的だったのだ。かつて陸軍士官学校にいたとき、真夜中までかかって、軍の教育の悲惨さを暴いた公開書簡を書いたことがあった。とにかくデイヴィッドはそこを去りたかったのだが、暴動を煽り立てることを除けば、手紙を書くよりも賢明な方法を思いつけなかった。しかし、朝になって主張を読み返したとき、夜の間に考えが変わったことに気づいた。彼は手紙を破り捨てた。結局、デイヴィッドは不適格者として除隊したが、軍人になることには関心がなかったから、敗北者だと感じることもなかった。

猛暑のせいで集中するのに骨が折れたが、少し経ってからデイヴィッドは書いた。

〈母さんの贈り物にぼくがどれほど感謝しているか、とても言い表せません。ありふれた贈り物よりもお金のほうがはるかに気が利いているし、母さんのセンスの良さを褒め称えずにはいられないほどです。寮のルームメイトも喜んでいました。というのも、いただいたお金の一部は愚かな賭け（タシケント（ウズベキスタン共和国の首都）がリーズ（イングランド北部の都市）よりも広いと知っていましたか？）の支払いとして彼に行ったからです。残金はずっと延び延びにしていた欲しかったものを買うために使いました——かなり長い間我慢していたのです。この件については喜んでもらえると思います。詳しいことはあとでお話しします。

現在、ぼくはやむを得ない、ちょっとした窮乏に見舞われています。よかったら融通していただけないかと……。〉

必要な額だが、多すぎはしない金額をどう書こうかと考えるデイヴィッドは、開いた窓のさらに遠くへ視線をぼんやりとさまよわせた。通りを挟んだ向かいにある、古びた煉瓦造りのアパートメントへと。そのとき、デイヴィッドの手からペンが落ちた。興奮した彼はズボンに黒い染みがついたことにも気づかなかった。たとえ目に留めたとしても、まったく気にしなかっただろう。

それはあまりにも早く終わった。だが、デイヴィッドは何一つ見逃さなかった——裸に近いほっそりした体、ほほ笑み。誘惑的でありながら、皮肉のこもった微笑。奇跡的に、デイヴィッドの物憂げな気分はたちどころに消えた。彼は窓から身を乗り出し、愚かそうで無骨な男が、熱いコンクリートの道と靴が一体化したようにただ立ち尽くしているのを眺めた。たちまちデイヴィッドはその男にいらだちを感じた。デイヴィッドは頭を引っ込めてまた腰を下ろした。その頃には手紙のことを完全に忘れてしまった。

デイヴィッドは衝撃を受けていた。道徳的な意味で驚いたのではなかった（そんな段階ははるか昔に過ぎてしまった）。彼が驚いたのは、あの小柄な英国女についてすっかり思い違いをしていたことだった。彼女の顔は知っていたが、近所の店で何度か目にしたことがあるだけだ。彼女から受けるもっとも強い印象は憂いに沈んだ無垢さで、それは店員とやりとりするときのおずおずした様子に現れていた。どうやら自分は信じられないほど本質が見えていなかったらしい。彼女との数回の短い出会いを振り返り、何を見逃していたのかとデイヴィッドは考えた。今思い返してみて、意味のある出来事はなかっただろうか、と。表面に現れる寸前でくすぶる欲情を匂わせるものが、彼女の表情にあったのを見逃していたのではないか？

デイヴィッドは長い間、もう人の姿が消えた窓を物思わしげに見つめていた。自分へのアピールだと思うのは考えすぎだろうが、近頃の彼は後悔先に立たずにならないように用心していた。実家の炉棚の上に掛かっていた絵を救いようのないほど平凡だといつも思っていたが、少し前、それを描いた画家が狂気の天才だったと知って考えが変わったことがあった。もしかしたら、この件については伯父の助言が必要かもしれない、とデイヴィッドは急に思った。ちらっと腕時計を見やる。ところで、ヒューバート伯父は今どこにいるのだろう？

〈サクストン・ホテル〉の張り出し屋根の下に入り、ヒューバート・ウィロビーは愛想良くも鷹揚な態度でドアマンにほほ笑んだ。ヒューバートは中に入ると、のんびりした足取りでロビーを横切り、ラウンジチェアが並ぶ付近に近づいた。尊大に頭を高く上げたヒューバートはあたりの光景に無頓着そうだったが、実のところ、抜け目のないまなざしは何一つ見逃していなかった。ロビーの半ばまで来ると、彼はいきなり方向転換した。馴染みの水路を自信たっぷりに誘導する川船の船頭さながらに、彼は反対側の壁に掛かった全身が映る鏡へとまっすぐに向かった。

どういうわけか、おそらく虚栄心だけでは充分に説明できない理由から、自分の姿を鏡でちらっと見るたび、彼のうぬぼれがいっそう強くならなかったためしはなかった。五十七歳のヒューバートは贅肉など見当たらない体をしていた。彼がこれまで重量挙げなど一度もしたことがなく、日焼けする目的以外で水着を身に着けたこともないことを、精力的な運動を支持する人が知ったら、さぞ落胆するだろう。盛り上がった肩のおかげで、上着に詰め物をする必要はなかった。ここ何年もの間、注文仕立てのスーツに金など払っていない。それなのに、この仕立ての悪い夏用スポーツジャケットは間に合わせに人から借りただけで、すぐに着替えるのだろうという印象はどうにか与えることができていた。

ヒューバートはさりげないふりを装ったが、偶然にではなく、値の張りそうな服を着た体格のいい中年女性の隣に腰を下ろし、長い脚を組んでため息をついた。ヒューバートのため息は計算され尽くした、充分に準備したものだった。耳に聞こえる音だけでなく、唇や口髭、眉の動きも効果を与える——退屈というよりはむしろ物思わしげな憂鬱を示唆していた。誰かの行動が自分の期待に添わなくても、その人が悪いわけではなく、それが世の中というものだと言わんばかりに。同時に、ため息は彼の存在に人の注意を引きつけるものでもあった。ヒューバートのため息は人生が一連の冒険にすぎず、偶然の出会い一つで容易に変わるものだということを思い出させた。ため息は一種の手口だったし、彼はそのことに異を唱えなかっただろう——店主のにこやかな笑顔や、セールスマンの握手のようなものだ。どんな取引にもそれなりの手段がある。

女性はこちらに顔を向けた。ヒューバートは唇から漏れたため息に驚いたふりをして、彼女のほうを見た。実際は微笑したわけではなかったが、彼の表情には自分が紳士でなかったらほほ笑んでいただろうと伝えるものがあった。女性が示した反応は、このところヒューバートがだんだん慣れてきたものだった。立ち上がって行ってしまったのだ。

けれども、彼女は椅子に「イブニング・トリビューン」紙を置いていった。ヒューバートは椅子を何インチか右へ動かすと、あくびして伸びをし、さりげないしぐさで新聞の上に手を置いた。いつものようにまずは社交欄のページを開き、その情報が役に立つときのために、アシュトン・デブレイシーがヨーロッパへ向けて航海に出たという記事をメモした。次に競馬のニュースを調べ、最後に経済欄のページをじっくりと見た。普通株であれ優先株であれ、これまでの人生で投資したことは一度もなかったが、投資するようにと他人を説得することはよくあった。興味深いことに、ヒューバートが買うようにとしつこく人々に迫った銘柄は経済欄に載ったためしがなかった。十五分ほど経ったあと、彼は新聞をたたんで立ち上がった。

今度は正面玄関を利用しなかった。しょっちゅうホテルに入るところを見られるのも、いつも同じ時間に出ていくのを見られるのも得なやり方ではない。十四番通りの焼けつくような暑さの中に出ていきながら、ヒューバートはドアマンに、最初のドアマンに向けたのと同じ微笑を見せた。ヒューバート・ウィロビーは、目下の者を自分と同等と見なすように振る舞うある種のアメリカ人を好まないのと同じくらい、彼らをよそよそしく見下した態度で扱う旧世界の慣習を好まなかった。ヒューバートはすぐさま上着を脱ぎ、親指に引っかけて持った。〝山の手〟と彼が好んで呼ぶ地区から離れて、甥の住むトレントン通りまで十二ブロックを歩き始めた。

その途中、いつも寄る酒屋のショーウインドウの前で足を止めた。飾ってあったのは、アイスバケツに入った模造の氷とかなり上等のシャンパンの瓶だった。それがウインドウに展示されているのは妙だった。若者はそんなものを好まない。彼らはアルコール度数が高いかどうかしか尋ねないのだ。ヒューバートは店の中に入ってカウンターに近づいた。しかし、口を開く間もなく、三十代にもならない若い店員がカウンターに七十九セントのポートワインの瓶を置いた。

ヒューバートは凍りついた。常連というわけでもないと思ったのに、店でいちばん安いワインを買う客だと、この男に分類されたことが屈辱的だった。ヒューバートは背を向けて瓶の列をじっくりと眺めるふりをした。向こう見ずにも一瞬、ウインドウに飾ってあるシャンパンを頼もうかと考えた。あのシャンパンは持ち金を一セント残らず出さねばならないほどの値段だろうが、この店員に身のほどをわきまえさせるためなら、それだけの価値はありそうだった。だが、このところずっとそうだったように、倹約の精神がプライドを上回った。ヒューバートは一ドルをカウンターに置き、店員は瓶を包装した。

「ウインドウにあるシャンパンだが」ヒューバートは何気ない口調で言った。「あれは一ケースあるかね？」

若い店員は彼を怪訝《けげん》な目つきで見やり、うなずいた。

「なに、ちょっとしたパーティがあるんだ」ヒューバートはほほ笑もうとしたが、狼狽している様子をうまく隠せなかった。「今晩というわけではない。来週だ——友人たちのためのささやかなパーティでね……」

店員はお釣りをカウンターに置いた。ヒューバートは硬貨を取り上げ、急いで店を出た。

トレントン通りにあるアパートメントの部屋に入ると、甥が狭いキッチンでソーセージを炒めていた。

「おかえりなさい、ヒューバート伯父さん。仕事のほうはどうでした？」

ヒューバートはそっけなくうなずいた。それは毎日のようにデイヴィッドがする挨拶だったから、質問のおどけた調子にまったく気づかなかった。だが、ヒューバートは酒屋での屈辱的な出来事でまだ気分が悪かったし、おしゃべりする気になれなかった。グラスを水ですすぎ、ワインをなみなみと注いだ。腰を下ろし、昔懐かしい音楽でもかかっていないかとラジオをつけた。ヒューバートはセンチメンタルな回想に耽《ふけ》るという柄ではなかったが、ワインのグラスを手に昔を思い出したい夜だってあるのだ……。洗練された味蕾が甘ったるいポートワインに刺激され、彼は顔をしかめてグラスを置いた。

正直さや無欲さや誠実さといった昔ながらの徳に欠けているとしても、ヒューバート・ウィロビーは一つだけ、真の古き良き紳士としての長所を備えていた。いかなる種類の苦痛も与えることを嫌悪していたのだ。だからこそ彼は、社会的に間違ったことよりも悪いマナーを批判した。マナーの悪さは、思いやりのなさとともに想像力の欠如も示している。無礼な人間がいると誰かが傷つく。ヒューバートは酒屋で受けた無礼な仕打ちを、苦々しい思いでくよくよと考えていた。彼にしてみれば、あの若者の無礼さが意図的なものでなかったことはたいした言い訳にならなかった。

デイヴィッドはソーセージの載った皿とクラッカーの箱を持って食卓についた。満足な食事にはほど遠かった。食べながら、ヒューバート伯父とワインの瓶に悪意ある視線をたびたび向けた。ワインの値段はデイヴィッドに小さなステーキをごちそうできるほどのものだろう。

しかし、ふさぎ込んでいるヒューバートはおかまいなしに酒を飲んでいた。

最初のうち、デイヴィッドは伯父と暮らすことが気にならなかった。ヒューバート伯父には一種の純粋さがあったからだ。言うまでもなく伯父は詐欺師だが、いんちきな人間であることがあまりにも見え見えで、もっともらしい品位のようなものが加わっていたのだ。どうあってもやり遂げなければならない、何らかの役割を伯父が演じているようだった。これほどわかりやすい人間に出会えたのは愉快だったので、デイヴィッドにとって伯父の態度は心理的な研究事例になるというより、生理的で単に機械的なものに思われた。一緒に食事に出かけるたび、隣のテーブルにいる女性を値踏みする伯父を見てデイヴィッドは感心した。伯父が攻撃か退却をする前にどんなふうに腕を曲げるのか、どんな角度で頭を傾《かし》げるのかを、デイヴィッドはたちまち予測できるようになった。実を言えば、伯父の攻撃――とりわけ甥が一緒のときの――は長時間にわたったし、魅入られたように相手を見つめる憂鬱な表情は、デイヴィッドからすれば恥ずかしすぎることがしょっちゅうで、食事を楽しむどころではなかった。

そう、伯父には称賛せずにいられない一種の実直さがあった――離れたテーブルや公園の隣のベンチから客観的に見ていたとしたらだ。しかし、一部屋しかないデイヴィッドのアパートメントの狭い空間では、国際人らしい雰囲気など不向きだった。そのせいでデイヴィッドも伯父も意気消沈することになった。ワインを買う金を甥から借りると、ヒューバートはデイヴィッドの唯一の座り心地のいい椅子に何時間も腰を下ろし、尊大なしかめ面をしてワインを飲みながら単調な光景を物悲しげに見つめているのだった。少なくとも、ある意味でこの二人は一致していた。ヒューバートがいなくなれば、二人とももっと幸せになれるだろうという点で。

デイヴィッドは硬くなったクラッカーを噛み、生ぬるいレモネードを飲んでいた。喉に一瞬貼りつく、どろどろの酸っぱい飲み物のせいで、ためらう気持ちは消えた。

「ヒューバート伯父さん」彼は言った。「こんな話はしたくありませんが、伯父さんはもう二週間もここにいますよね」

「残念だが、ここを出ていかなくてはな」

この返事を聞いても、デイヴィッドは少しも驚かなかった。前にも同じような台詞を聞いたことがあったからだ。しかし、彼はまだ希望を捨てなかった。

「出発する予定があるんですか？」

「ああ、そうとも」

「いつ？」

ヒューバートは脚を組んで窓の外を見た。「近いうちにだ。近いうちに」

そう聞いて、デイヴィッドはなんとなく不満だった。しかし、伯父のうっとりした顔つきのせいで、それ以上は追及する気がなくなった。

「向こうで何か起こっているんですかね？」デイヴィッドは尋ねた。

「どこで？」

「通りの向こう」

「知らないな」ヒューバートは興味なさそうに答えた。

「実は今日の午後、かなり妙なことがあったんですよ」

「妙なこと？」さほど関心を示さずにヒューバートは繰り返した。

「そうです。あのご婦人の夫もそう思うに違いないな。彼らは通りを挟んだ、真向かいのアパートメントに住んでいるんです。とにかく今日の午後、窓から外を見ていると、奥さんが何も着ないで窓辺に来て、下の通りにいた男にほほ笑みかけたんですよ」

ヒューバート伯父はたちまち耳をそばだてた。「何も着ないで、だと？」

「まあ、それに近いものでしたね」

「彼女がほほ笑んだのは間違いないのか?」

「見惚れるようなほほ笑みでしたよ」伯父が好奇心を示したことに力を得てデイヴィッドは言った。

「まさか」伯父は考えるように窓のほうを見た。「その男は何をしていたんだ?」

「何も——間抜け野郎でした」

「ふうむ」ヒューバートは何か思いめぐらしているようだった。慎重な手つきで顎を撫でている。

「彼女は結婚しているんだろう?」

「そのとおりです。名字はペティグリュー。英国人ですよ。こっちに来てそれほど経っていないんじゃないかな」

貧弱な食事ではデイヴィッドの空腹はなだめられなかった。残っているソーセージを炒めようか、それとも明日の朝食に残しておこうかと考えていたとき、伯父がまだ何も食べていなかったことに思い当たった。目を上げると、ヒューバートが窓の真正面を向くように椅子を動かしていることに気づいた。デイヴィッドは無言でしばらく伯父を見ていた。通りの向こうの建物をしげしげと観察している様子からすると、いきなりあそこに興味を引かれたようだ。

デイヴィッドは肩をすくめ、冷蔵庫へ行ってソーセージを取り出した。

5

その晩、学生のロイ・オブロンスキーはいつもよりも遅くトレントン通りのアパートメントに帰ってきた。ドアを閉め、音がしないように鍵をかけた。ミセス・フォルジャーの家のドアをちらっと見やり、階段のいちばん下の段に用心深く足を載せた。友人と会うふりをして図書館でミセス・フォルジャーを置き去りにしたので、ふたたび声をかけられたくなかった。

この頃までには、あまりにもたびたび出くわすことから考えると、彼女が家の中で立ち尽くして自分を待っているに違いないとロイは確信していた。ドアが開いて、いかにも驚いたという表情を装ったミセス・フォルジャーが現れるたびに、ロイは気持ちが沈んだ。何よりも苦痛だったのは、お世辞も言ってやれないほど野暮ったい女なのに、彼女といると落ち着かない気分になることだった。論理的に考えれば、ミセス・フォルジャーは容易に拒絶できる相手のはずだ。どのみち、彼女にどう思われようと気にならないのだから。だが、いつもミセス・フォルジャーは蓄えていた話をここぞとばかりにまくしたてるので、ロイははねつけるための準備もできなかった。ロイは手すりを摑んで慌てずに階段を上っていった。年代物の踏み段をできるだけきしませないようにしながら一歩ずつ。

部屋に着いて、暗い中をもたもたと進むと、机にぶつかった。雁首型の電気スタンドのスイッチを入れ、椅子を引いて腰を下ろした。金属製のランプシェードが放つ黄色の光は弧を描き、散らかった机と、すり切れたリノリウムを継ぎ合わせた床をくっきりと映し出す。太陽は何時間も前に沈んだのに、ロイが出かけたときよりも部屋は息苦しくなっていた。煙草に火をつけた。目の前にある教科書を嫌悪のまなざしで見つめる。表紙と裏表紙の間には、彼が人生の数日から数週間をかけて記憶にとどめようとしたあらゆる知識が並んでいた。こうして今、教科書を凝視していても、細かな内容など一つも浮かんでこなかったし、明日の朝には大事な試験があるのに、その事実を考えても気にもならなかった。

いつだってロイの日課は自ら課したスケジュールに束縛され、そこから逸脱することはまれだった。実際、改心した放蕩者が過去のあやまちを恐れ、自分を厳しく罰するのに等しい苦行のようだった。もっとも、ロイの生活のほかの面では、そのたとえは適切ではなかったが。ロイが恐れていたのは不真面目さではなく、自分とまるで合わない世界で形がなくなるほど存在が消えてしまうことだった。ロイは厳格な自己管理の方法を守り続け、中断するのは、たまにコップ一杯のビールを飲むか映画を見に行くときだけだった。だが、そんな背信行為も、週に一度を超えない限りは実際には計画の一部であり、真の意味での逸脱ではなかった。しかし、水曜の夜、帰宅がとても遅くなったのは彼にとって珍しいことだった。

本当のところ、ロイはミセス・フォルジャーから聞いた話に、誰にも知られたくないほど大きな衝撃を受けていたのだ。

彼は煙草を灰皿に置き、椅子を後ろに傾けた。静かな空気の中を煙草の細い煙がまっすぐ上っていく。くっきりと輪郭が浮き出ている上空の暗闇と、ぴんと張ったコードで机を結びつけるように。ロイ・オブロンスキーは二十八歳だった。結婚経験はないが、未婚であることに伴う肉体的な困難は決して克服できないものではなかった。つい最近まで、彼は女性にさほど注意を払おうとしなかったが、そんなことに費やすエネルギーは、もっと抜本的な事柄に奪われていたからだ――つまり、学位を取り、最終的には博士号を取りたいと思っている英語の研究に。とはいえ、結婚をためらう理由は理性的なものというよりはむしろ経済的なものだった。ロイが禁欲主義に傾いていることには狂信的な意味などなかった。それは彼の慎重な性格を反映していたのだ。同じように慎重なせいで若いうちに結婚を選ぶ男もいるだろうが、退役軍人援護局から支給される月額九十ドルでは無理だった。だが、ロイはまるっきり異性に顧みられないわけでもなかった。ロイの穏やかな態度を、男性にもっとも重要な無害さであると見なす、性的関心の低い女性が英文科に二人か三人はいた。しかし、ロイは思わせぶりな態度を絶対にとらなかったので、彼女たちもそれとなく誘いかけるのをじきにやめてしまった。

　ある意味で、ロイは学問の世界とも合わなかった。最初、英語を専攻しようと決めたときは、生涯打ち込める仕事だと本気で信じていた。英文学には楽しめるものもあったが、詩にはあまり関心を持てなかった。実際、優れた英国詩人の見事な飛翔だの審美的な想像だのには退屈してしまった。起きている時間の大半を詩や詩の批評の読解に費やすことを考えると、彼が退屈するのが理解できない人もいるだろう。ロイにしてみれば、少しも奇妙な話ではなかった。速記者がタイプライターを愛しているとか、石炭商がシャベルを愛しているなんてことがあり得るだろうか？　結果的に、こういう考えのおかげでまずまず要領よくやれることになった。ロイは詩の一行における不完全な四歩格《しぶかく》（一行が四つの詩脚〔詩の韻律の単位〕から成る韻文）を、まわりの学生と同じくらい速く突き止められたし、批評に関しては、活用できる権威者がいくらでもいた。詩だの何だのを投げ出したい気分のとき、ロイは高いスツールに腰かけて羽ペンで台帳に数字を記録している自分という、化石のような時代錯誤のイメージに悩まされた。そんな姿の自分を思い浮かべると、勉強をやり続ける気になった。

　しかし、先月、ある変化が人生に訪れた。外見的には目立たないものだった。毎日お決まりの課題をこなすという禁欲的な構造は変わらなかったが、それが前よりもさらにうんざりさせられるものになった。夏の終わりまでに英文学の学位を取り、秋には大学院へ進むというのがロイの計画だった。教科書を大雑把に読むだけでは学位が取れないとわかっていた。暗唱という、記憶にゆっくりと刻みつける過程が必要だと頭は告げていたのだ。バイロンやポープの詩の一節を覚えようとするとき、気がつくと現在に注意がそれてしまうことはしょっちゅうだった。特に二つの場所――彼自身の部屋と壁の向こう側の部屋に。

ロイがミセス・ペティグリューを本気で意識するようになってから一カ月ほどが経っていた。彼女とはほぼ毎日会った。最初から、小柄な体や美しさやさりげない親しみやすさに惹かれていたものの、初めのうちはいったん自分の部屋に入ってしまえば、彼女を容易に忘れられた。しかし、近頃は階段を上って部屋へと曲がるとき、気がつくと、すばやく後ろを振り返っているのだった。

夜遅く勉強していると、隣室の若夫婦が陽気に結婚生活を送る物音が聞こえてきて、自身の孤独が痛いほど強く感じられることは珍しくなかった。すると、ロイは勉強を中断して煙草に火をつけ、自分にとっての現実である書物のページがふたたび重要なものになるまで待った。二つの部屋を隔てるドアを防音にしてほしいと、大家に頼もうかと何度も考えた。彼は常に何かの音で勉強を中断させられた。実を言うと、普通の人間が文句をつけるような騒音はなかった。実際、ペティグリュー夫妻はかなり静かなカップルだったのだ。暑い夏の夜遅くに隣人がシャワーを浴びるからと、抗議するのは変人だけだろう。

そのとき、ドアをそっと叩く音がした。ロイは眉を寄せて椅子を引いた。いったい誰だろう。これまでのところ、彼のあとについてミセス・フォルジャーが二階まで来たことはなかったが、親し気な態度は日を追うごとに拍車がかかっていた。今度こそ彼女に身のほどを思い知らせてやろうとロイは決心した。しかし、ドアを開けた彼はひどく驚き、思わず一歩あとずさった。そこにいたのはキャサリン・ペティグリューだったのだ。

「こんばんは、オブロンスキーさん」

ロイはぽかんと口を開け、返事をする代わりに唾を二度、ごくりとのんだ。ミセス・ペティグリューは白のショートパンツと背中が大きく開いたホルタートップを身に着けていた。ほほ笑みかけられ、ロイは彼女ほど美しい人に会ったことはないと心から思った。部屋に彼女を招き入れるのが適切かどうかわからず、彼はためらった。

「あなたがとてもお忙しいのはわかっているんです」ミセス・ペティグリューは謝った。「でも、寝室の窓が開かなくなってしまって。開けていただくわけにはいきませんか?」

「喜んでお手伝いしましょう」ロイは弱々しく答えた。顔が赤くなっているのを感じ、自分自身に腹が立った。

ミセス・ペティグリューに続いて玄関ホールに入ると、ロイは慎重に家の奥へと進んだ。

彼女は寝室にロイを招き入れた。「ここです」そう言って指し示した。「途中まで開いているでしょう。でも、こんな夜は全開にして新鮮な空気を入れないと」

「そのとおりですよ」ロイは明るく同意した。「さて、ベッドを少し引き出せればいいんですが」

「ええ、手伝います」

ミセス・ペティグリューが身をかがめると、ロイは慌てて目をそらした。

それはロイが予想したよりも大変な作業だった。窓枠は古くてゆがんでいたのだ。ようやく窓を開けた頃、彼は激しく息切れし、シャツの袖には汚れがついていた。

ミセス・ペティグリューはそれを見て悲しそうな顔をした。「あら、わたしのせいでシャツが汚れてしまったのね。本当にごめんなさい、オブロンスキーさん」

「ああ、どうってことはありませんよ」ロイはさりげなく言おうとしたが、寝室に彼女と二人きりでいるせいであがっていた。

彼らは居間のほうへ歩きだした。

「ご迷惑をおかけするつもりはなかったんです」彼女は説明した。「でも、主人が街を離れていて、今夜はあまりにも暑かったものですから」

「全然かまいませんよ」ロイは口ごもり、進む方向がわからなくなったようにそわそわと見回した。キャサリン・ペティグリュー以外のあらゆるものに視線を向けた。

「どうかシャツを洗わせてください」彼女は申し出た。「明日の朝、お出かけの時間までには着られるようにします」

ロイの表情を見た人は、この場でズボンを脱いでくれと頼まれたのだと思ったかもしれない。

「ああ、いや。いえ、そんな、大丈夫ですから」ロイはしどろもどろになった。「どのみちシャツは汚れていたんです」

彼はドアを見つけると急いで出ていった。

部屋に戻ると腰を下ろし、すばやく本のページをめくって、ミセス・ペティグリューを頭から追い出そうとした。試験に備えて何時間か勉強し、万事順調だったら、真夜中過ぎにはベッドに入っているはずだった。だが、すでに一時間以上、予定よりも遅れていた。暑さは耐えがたいほどだ。無数の小さな虫が網戸を通り抜けて、照明のまわりに群がっている。ロイは断固として机に身をかがめ、本を読もうとしたが、顎から滴り落ちる汗が紙面に残す奇妙な染みと同じくらい、単語に関心がなくなっていることに気づいた。とうとう本を脇へ押しやった。

初めのうち、ロイはあの英国女性に対するミセス・フォルジャーの偏った評価が自分をどこに誘おうとしているのかわからなかった。一時的にせよ、他人の生活領域に引き込まれることをいつだって恐れていた。だから彼は人への関心がまったくなかったし、そうでないふりをするのはたいそう骨が折れた。これまで何度か、ミセス・フォルジャーの媚びるような会話から逃れるために、無礼な態度をとったこともあった。しかし今夜は、彼女が何を言いたいのかをついに理解したので、逃げ出さずにはいられなかったのだ。ロイは彼女と別れると、長いこと一人で通りを歩いた。

平均的な人間にとって、ロイ・オブロンスキーの人との心の交流はまさに、とてもわびしいものに見えるだろう。まわりの人はロイを堅苦しいと思うだろうが、基本的な感情が欠けているせいでそう見なされるのだろうと、味気ない暮らしの退屈さが原因だろうと、とにかく彼を知ろうと近づいてきた者はいなかった。ロイ自身はそういうことがわかっていなかった。ときどき、とりわけ一人で酒を飲んでいるとき、子どもの頃を思い出すことがあった。初秋のある土曜の朝に外へ出て、近所の家々がゆっくりとその日の活動を開始する様子を初めて見たときに感じた、言葉で表現できない喜びを。あのような興奮は永遠に消え失せたのかとロイは思うことがあった。

しかし、もっと若い頃にも、今夜ミセス・フォルジャーが話していたときに押し寄せてきた奇妙な情熱のようなものをロイは感じたことがなかった。「嘘だ」と叫びたかったが、憤りに駆られた真実の響きがある彼女の話を聞き違えたはずはなかったのだ。ミセス・フォルジャーと別れたあと、ロイは一時間以上も街をさまよった。どれくらいの間そうしていたのかわからなかったが。やがて映画館に入った。映画鑑賞は士官学校に入った頃から、ロイにとって頼りになる逃げ場だった。けれども、二時間の逃亡では足りなかった。映画が終わったとたん、激しい心の痛みに襲われたのだ。ミセス・ペティグリューが裸同然で窓辺に立ち、下の通りにいる男に好色な微笑を投げている姿が、痛いほどはっきりとロイの目に浮かんでいた。

ロイは二つの部屋を隔てているドアを振り返った。数少ない自分の経験からは、この感情を容易に説明できなかった。彼は民間人の暮らしに戻ったあと、不愉快なプライドがあったにもかかわらず、毅然として自らの境界線をはっきりと区切った。今まで克己心が機能しなかったことはなかった。これが最後のチャンスだった。三年後、もしも挫折しなかったら、英文学で博士号を取得するはずだ。彼にとって確実な社会的地位を勝ち取る最後の機会だった。生まれたときから与えられている人も多いし、すでに獲得した人もいる社会的地位。そして、多くの人はいまだに――不作法で陽気な、いまいましい奴らめ――そんなものを必要としていなかった。

ロイはこの煩悶《はんもん》を心から追い払えないかと願って、すばやく本のページをめくり始めた。とたんに手が止まった。隣の部屋からミセス・ペティグリューのソプラノの歌声がはっきりと聞こえてきた。彼女の歌は人並みより少しましという程度だったが、音楽に疎いロイは完璧に茫然として、お気に入りのアリアを聴いているオペラ愛好家のように称賛の思いでうっとりと耳を傾けていた。しかし、歌が終わらないうちに彼の表情は変化した。目に険しい色が浮かんだのだ。本を慎重に閉じると、まるで重みを確かめるかのように、おかしなほど用心深い手つきでそれを何度かひっくり返した。ロイはいきなり立ち上がって手を上げ、力いっぱい本を床に投げつけた。

と思うと、すぐさまそれを拾い上げて机の上に戻した。恥ずかしかった。中に書かれたものを嫌悪していたとはいえ、職人が道具に対して抱くような敬意を本に持っていたのだ。傷んだ装丁を見て生まれた罪悪感のせいで、つかの間、本の中身がいっそう好ましく思えた。だが、長くは続かなかった。今夜は勉強できないほど心が乱れていたのだ。

ロイは電気スタンドのスイッチを切って、窓辺に向かった。煙草に火をつけ、網戸の隙間から使用済みのマッチを一本落とす。窓のそばもほかより涼しいわけではなかった。ロイは肺の奥深くまで煙を吸い込み、自堕落な気分にどっぷりと浸かった。この窓からはそんなに景色が見えない。左側のすぐ近くにはごつい外見の建物があり、遠いダウンタウンのビジネス街の明かりで照らされた空を分断している。しかし、川へ向かう右側には建物がなく、暗闇だけがどこまでも広がっていた。

下の通りを一台の車が猛スピードで走っていき、一瞬、ロイの顔にちらちらと影が横切った。二つの建物の間の隙間にヘッドライトが届くと、野球帽をかぶった長身の男の姿が見えた。ヘッドライトに照らされた男は山道で何かに驚愕した鹿さながらに、驚いたような表情でまばたきした。それから、男のまわりはふたたび暗闇に包まれた。

ロイはまた机に向かって座り、電気スタンドをつけずに煙草を吸い続けた。目の前の壁には光が震えながら映り、薄くなって、またはっきり映るというパターンが続いた。煙草を吸い終えると、リノリウムの床にこすりつけて消した。それから電気スタンドをつけた。その後、ロイは集中力をすべて注いでミルトンと友好的に折り合うべく必死になった。すると、それはまた始まった。ミセス・ペティグリューが歌い始めたのだった。

三章　木曜日

ミスター・フォルジャーはベッドから出るなり、日除けを上げた。四角に切り取られた黄色の陽光が妻の顔に一瞬当たったが、彼女はうめき声をあげて寝返りを打ち、上掛けを頭の上に引っ張り上げてしまった。彼はしばらく無言だったが、ズボンを穿いて靴を履くと、妻の腕をつついた。

「今朝は時間どおりに朝食をとったらどうだ、マイラ?」

ミスター・フォルジャーはバスルームに入ってドアを閉めた。

マイラは可能なときはいつでも、夫が仕事へ出かけてしまうまでベッドにもぐっていた。しかし、夏はそんなことがあまりできなかった。冬場なら、夫が出かけていくときはまだ暗い。だから彼女を起こすものはなかった。夫の辛辣でぶっきらぼうな言葉でさえも。裸の木々の間をいきなり通り抜ける陰気な風のわびしくて敵意を持っているような音を聞きながら、彼女は横になっていた。細かい雪が窓枠から音もなく入り込んでくる寒い冬の朝は、ベッドから起き上がるどころか、目すら開けなかった。けれども、夏の訪れとともに、こんな楽しみに浸るために必要な彼女の不屈の精神も失せてしまった。

マイラは顔から上掛けを払いのけた。朝のこの時間、部屋がこんなにも明るいことにいつもささやかな驚きを覚えた。ここは心が踊るような部屋ではなかった。正午頃、陽光が窓枠までしか届かなくなると、気が滅入るほど陰鬱な部屋になる。マイラは見栄えのいい部屋にしようとしたためしがなかった。床の空きスペースは狭く、たとえ彼女がその気になったとしても、魅力的な部屋作りのために工夫する余地もなかった。マイラが欲しいと思い、与えられて然るべきだと思っていたのは自分の部屋だったが、引っ越しを提案しても夫を説得できなかった。今ではもうマイラも諦めてしまった。汚れたフランネルの上着がクローゼットのドアに掛けてあった。向きを変えるたび、不快な男性的なものの侵略に我慢しなければならないのに、自分のために部屋を整える意味などあるだろうか？

ふたたび目を閉じながら、マイラは現実に存在するものと同じくらい生き生きしてお馴染みになった光景をまた想像した。彼女は寝室の長椅子に寝そべっているが、部屋は相当広いので、向こうの入り口に夫の姿が現れても、言葉を交わせるほどそばに彼が来る前にそれまで読んでいた本の一節を読み終えられる。夫の姿を思い浮かべる段になって、マイラの想像力は潰えてしまった。夫についてはった……とにかく、マイラの健康にうんと気を配ってくれる人だということ以外、あまり考えてはいなかった……とにかく、フランス窓からはすばらしい山の景色が見えるし、下の谷には澄んだ温泉湖があるだろう。湖は歩いていける距離にあり、まわりには甘い香りのクローバーが生い茂っているはずだ。

「マイラ！」

彼女は目を開けて眠そうに起き上がり、ベッドの裾のほうに置いてあったガウンに手を伸ばした。化粧台の前に腰を下ろし、髪をほどき始める。そうしながら昨夜、ミスター・オブロンスキーと交わした会話を思い返していた。図書館へ行く途中、英国女の衝撃的な行動を説明するマイラの話を彼は黙って聞いていた。おそらく今朝はそれについて考える時間ができただろうから、彼は何か興味深いことを言うかもしれない。マイラも認めないわけにはいかなかったが、これまでのところミスター・オブロンスキーは夫と同じくらい無口だった。けれども、言うまでもなく、彼がおとなしいのは内気だからであって、無作法で無頓着で退屈な人間だからではないだろう。

バスルームのドアが開き、石鹸の泡をつけたミスター・フォルジャーの顔が覗いた。妻が起きているのを見ると、彼はまたドアを閉めた。

数分後、マイラはベッドから出てキッチンへ行った。

マイラからすれば、夫の欠点の中で特に嫌なのは、量がたっぷりした朝食という時代遅れの慣習に執着していたことだ。マイラ自身はひと口も食べなかったから、その習慣はなおさら醜悪に映った。いったん起きると、マイラはもう一度ベッドに戻る気にはなれなかったので、たいていは満足そうな顔で三枚目か四枚目のトーストで卵を拭う夫を眺めながらブラックコーヒーを飲んでいた。実のところ、見るからに上機嫌の夫の旺盛な食欲のせいで、マイラは倦怠感を非難されているように感じた。ごくわずかの間だったが、夫の陽気なエネルギーによって自分も丈夫になれるのではないか、都合良く別の体になれるかもと、想像したこともあった。そうすれば夫も、妻の繊細さを少しはわかってくれるのではないかと思ったのだ。三十歳近くまでこんなばかばかしいことを信じていたのかと思うと、マイラの心は痛んだ。

コーヒーを淹れると、マイラはフライパンを取り出した。この時点でちょっとした災難が起こった。家にはたった二個しか卵がなかったのだ。マイラが卵を割ってフライパンに落としたところ、黄身が二つとも崩れてしまった。

髭を剃ったばかりで顔が赤らんでいるミスター・フォルジャーがマイラの背後にやってきた。バスタオルで体を拭いていた。

「思うんだがな」彼は怒りに駆られて頬を勢い良く拭いながら言った。「優れた教育を受けたおまえの頭なら、卵をまったく崩さずに割る方法を学べたはずだよ」

マイラは痛烈な視線を一瞬、夫に向けた。それから平然とフライパンを持ち上げ、中身をシンクに捨てた。夫が食べそこねた朝食の卵が、濡れた陶製のシンクにくっついて湯気が上がった。

ミスター・フォルジャーは黙ったまま怒りの表情を浮かべてこの行動を眺めていた。肩から取って足元に落としたバスタオルはびしょ濡れの塊となった。

「そんな真似をしていると、そのうち」彼はそっけなく言った。「鼻血を見る羽目になるぞ」

こう言うと彼はキッチンから出ていった。

ふたたび戻ってきたとき、彼は着替え終わっていた。自分でコーヒーをカップに注ぎ、冷蔵庫の横に立ってゆっくりと飲む。その間、妻は夜のうちに乾いた皿を積み重ねていた。ミスター・フォルジャーは粗野な視線で妻の動きを追った。彼は一度、何か言いかけたようだったが、無言でカップを唇まで持っていった。

ミスター・フォルジャーは思慮深い男ではなかった。不平を言うことはあまりなかったし、言ったとしても、体にとっての快適さと無関係なものにはめったに不満を表さなかった。彼は日々の暮らしに、これといった輝きもない暮らしにすっかり落ち着いていた。別の生活が思い浮かぶことはなかったからだ。それでも、今朝のように、結婚した相手を見てこう考えることはあった。いったい自分に見返りはあるのだろうか、と。彼は妻を養い、食品庫に食料を備えられるように金を渡している。マイラが持っている服は、彼と同じ年収の男たちの妻よりも多い。つまりミスター・フォルジャーの考えによれば、彼女は比較的恵まれた生活を送っていた。

なのに、彼が生活から得られるものは何なのか——朝食さえも食べられないではないか。このことに腹が立っていつまでも考えていたが、それも無理はなかった。ミスター・フォルジャーがうるさく言う数少ないものの一つが朝食だったからだ。朝のベーコンエッグの皿にはどことなく陽気な雰囲気がある。そのおかげで気分良く出かけられるのだ。なのに、今朝は台なしになってしまった。まるで夫などいないかのように家事をする妻に、ミスター・フォルジャーは不機嫌な視線を向けた。妻が口紅をつけて頰に紅を刷いていることに気づいた。朝のこんな早い時間には珍しかった。自分を魅力的に見せようとするときの彼女が特に反抗的だと、彼はとうに気づいていた。彼女の表情と姿が、なぜかいかがわしいものに思われた。だが、それには耐えられたとしても、男が朝食抜きで出かけるなどとんでもないことだった。

しかし、ミスター・フォルジャーはドアまで歩きながらある決意を固め、そのおかげで少し慰められた。今夜は妻に一人きりで夕食を食べさせようと決心したのだ。自分は夕食の席につくまい。

夫が出かけたとたん、マイラは家事を中止して居間に行った。家事をしていたのは落ち着かない気持ちを隠すためだけだった。夫の前では本当の自分を見せないようにしようと心に決めていたのだ。けれども不思議なことに、こうして夫がいなくなると、動揺していた気持ちが弱まった。やりたかったのはこれまで何度となくそうしたように、ソファに突っ伏してむせび泣くことだった。だが、その代わりに腰を下ろし、なんだか他人事のような無関心さで今の状況を考えていることに気づいた。

フォルジャー夫妻はそれまでにも辛辣な言葉を投げ合ったことが何度もあった。とはいえ、夫が暴力をふるうと脅したのは、結婚してからこれが初めてだった。夫の言葉にこもる冷たく露骨な響きのせいで、マイラは返事もできなかった。ややあってから彼女は悟った。穏やかな性格に見えたのは、夫が敗北を無言で受け入れていただけのことだったと。これからはどれほどマイラが賢くても、どれほど夫を愚かだと思っても、最終的に威厳を守ろうとする彼にいつも立ち向かう羽目になるだろう——単純だが、残忍な力と対峙しなければならない。実のところ、マイラは夫に殴られることを恐れてはいなかった。暴力をふるうほど夫が熱くなるとは信じられなかったからだ。けれども、脅されたのは確かだし、それだけで決定的だった。

もちろん、夫のもとを去ることはできるが、それからどうなるのだろう？　マイラはもはや常勤の仕事に就く体力がなかった。昼寝が欠かせなかったのだ——午前に一時間、午後に一時間半の昼寝が。こうして体力を取り戻す時間がなければ、耐えられないほど疲労を覚えることになるだろう。マイラにとって、そんな疲労の時間を耐えて過ごす人生に、魅力などあるはずはなかった。人生は苦痛をやわらげてはくれないし、いつか容易に回復できないほどエネルギーが枯渇する日が来るかもしれない、という漠然とした恐怖心が呼び起こされた。午前と午後の昼寝では足りないときもあった。夕方までずっとベッドにいる日もあり、それでもマイラは夫から嫌味を言われないようにするためだけになんとか起き上がった。

マイラの視線はラジオの上に掛けてある絵に留まった。岩の上に一人きりで立つ先住民を描いたものだった。ミスター・フォルジャーのお気に入りの絵だ。つかの間、マイラは皮肉まじりの嘲りを込めてそれを見つめていた。運命がこれ以上悪くならないことを悟って、意外な勇気を得たかのように。しかし、とうとう向きを変えると、枕に頭をうずめて泣きだした。

そのせいで、マイラはロイ・オブロンスキーの足音を危うく聞き逃すところだった。遅まきながら、彼が階段を下りてくる音が聞こえた。顔を取り繕う暇はなかったが、とにかく彼に会おうと決めた。今はいつも以上に彼の存在が必要だった。ドアを開けたとき、ロイは階段のいちばん下に着いたところだった。

一瞬、二人はぎこちなく互いの顔を見つめて立っていた。マイラは無理やり笑顔を作った。

「おはようございます、オブロンスキーさん」

若者は眠れない夜を過ごしたようだった。顔はやつれ、充血した目で彼女を見つめている。しかし、マイラが青ざめたのは彼の表情のせいだった。

ロイの顔に浮かんでいたのは、嫌悪を表す寸前の不快そうな表情だったのだ。見間違えようがなかった。マイラがドアを開けたとたん、彼は明らかにたじろいだ。マイラは衝動的に、涙で汚れた顔を子どものようにワンピースの袖で拭った。ロイは目をそらすだけの礼儀を心得ていたが、すでに取り返しのつかない事態になっていた。彼女はそう長く彼を引き留めようとはしなかった。あとずさってドアを閉め、寝室にある鏡の前へと走った。

腫れ上がった醜い顔をひと目見るなり、これほど愚かだったとは、とマイラは思った。たった一撃で、彼の気持ちを楽にさせようとしていたこれまでの努力をふいにしてしまったのだ。このあとどんなに明るく振る舞っても、不機嫌で泣いている中年女というイメージでかき消されてしまうだろう。彼女は絶望してベッドに座り込み、顔を両手で覆った。

何もかもが憎かった。ロイ・オブロンスキーのことも。魅力的でないマイラはこれまでずっと人々に避けられてきた。大学二年生のとき、彼女は『ロミオとジュリエット』の主役のオーディションを受けた。ジュリエット役のオーディションを受けた六人の女子学生の中で、マイラがいちばん演技がうまかったことに疑問の余地はなかった。監督がそう言ったのだ。彼はマイラを脇へ呼び、如才なくこう言った。きみの演技はすばらしいが、この役のタイプではないな、と。彼が言わんとしていたのは、マイラ・モスの語る台詞が、完璧な体型と優美な顔を持つ愚かな小娘が語るものと同じ情熱を伝えられると思うなんておこがましいということだった。結局、その役は新入生の女子学生に与えられた。感情を込めて演じられない分は、垢抜けた美しい顔が埋め合わせるというわけだ。マイラはここまで誰かを憎んだことがないほど、その女子学生を憎んだ。嫌悪の対象になった女子学生は誰に対してもそうだったように、マイラにもあけっぴろげに好意を示したから、なおさら憎かった。その学期の終わりにマイラは退学した。

マイラは手を伸ばして櫛を取った。ゆっくりと髪を櫛で梳《と》かし始めた。そう、美しい人間は謙虚になる余裕があるし、強い人間は優しくなる余裕があるのだ。マイラのような人間は立場をわきまえることを求められる。もつれた髪に櫛が引っかかったが、乱暴に引っ張って通した。ただ身のほどをわきまえればいいだけだ。

窓の外を見やる。近所では誰かがすでに洗濯物を干していた。朝の陽光の中で洗濯物は微動だにせずぶら下がり、水が滴り落ちている。突然、網戸が開き、頭にタオルを巻いたミセス・ペティグリューが現れた。櫛を持つマイラの手が止まり、さっきよりもゆっくりとまた動きだした。自分より若い女の横顔を見て、奇妙なことが思い浮かんだ。これまで一度も気づかなかったのが不思議だった。この小柄な英国女は、大学の劇でマイラから主役を盗んだ女と似ているのだ。ミセス・ペティグリューがこちらに顔を向けると、マイラはあとずさった。そして、音をたてないように日除けを引き下ろした。

2

キャサリン・ペティグリューは裏口の階段に腰かけ、陽光で髪を乾かしていた。八時現在、温度計は華氏七十度代の半ば（摂氏二十三〜二十四度）を示している。あと一時間もすれば暑さは耐えがたくなるだろうが、朝のこの時間は実のところ、かなり快適だった。キャサリンはここの気候をまったく理解できなかった。暑くて息苦しい夜のせいで夜明け近くまで何度も寝返りを打ったあげく、ついに疲れきって眠りに落ちた。それが、こうして日の光を浴びて座っているのに、なんだか薄ら寒かった。半袖の夏用ワンピースを着たむき出しの腕がかすかに震えたので、両膝で挟んだ。キャサリンは目を閉じ、満足そうに太陽に顔を向けた。そのうち暑さのせいで不機嫌になって不平を言うだろうが、今は生きていることがとてもうれしかった。

　背後で網戸のバタンと閉まる音がした。ごみの入った籠を運ぶミセス・フォルジャーが現れた。彼女は何も言わずに伸ばしていたキャサリンの脚をまたぎ、錆びたドラム缶の焼却炉へと歩いていった。籠の中身を捨てると、ミセス・フォルジャーはごみにマッチで火をつけ、燃えるまでしばらく待っていた。ドラム缶から黒い灰がヒラヒラと舞い上がって、熱気で上昇していき、炎が小さくなるにつれてゆっくりと落ちてきた。

　キャサリンはミセス・フォルジャーのよそよそしい態度を不可解に思った。そんなに親密な間柄でないとはいえ、心のこもった挨拶をいつも互いに交わしていたのに。最初は何らかの理由で、この年上の女性が自分にあまり好意を抱いていないのでは、とキャサリンは思っていた。だが、それまで敵というものがいなかったキャサリンは、ミセス・フォルジャーの態度を、生まれつき控えめな性格のせいだろうと寛大に解釈したのだった。

空になった籠を持ってミセス・フォルジャーが家に戻ってきたとき、キャサリンは話しかけようとしたが、彼女のやつれた顔には相変わらず厳しい表情が浮かんだままだった。ミセス・フォルジャーはキャサリンの脇を通って反対側の手すりにしがみつきながら階段を上り、下を見ようともせずに家の中に入ってしまった。

ふたたび一人になると、キャサリンは真剣に考えた。これまでミセス・フォルジャーと会ったときを振り返って、何か怒らせるようなことをしたかと思い出そうとした。今まで一度たりとも誰かを故意に傷つけた経験はなかったが、知らないうちにひどいことを言ってしまったのかもしれないと思うと、どうしようもなく心が痛んだ。けれども、こんな些細なことでくよくよしていられないほど、キャサリンは気分が良かった。髪がほぼ乾くと、伸びをしてしぶしぶ立ち上がり、家の中に入った。

十分後、キャサリンは部屋を出てドアの鍵を閉めた。今度は正面玄関から外へ出ていった。

トレントン通りのアパートメントからさほど離れていないところに、小さな三角形をした公園があった。長い部分でも百ヤード（約九十一メートル）もない、通りの間にある、雑然と植物が生えた楔形の土地にすぎなかった。何もすることがないとき、キャサリンは通り沿いの木陰になっている、ここのベンチに座るのが好きだった。木の葉は鬱蒼と茂り、手入れされていなかった。街のこのあたりでは、住民が樹木の管理を要求するようなこともなかったからだ。だが、公園のおかげで、個性のない灰色の光景がやわらいで見えた。手入れの行き届かない公園だからこそ、山の手にある広くて整然と管理された公園よりも目に快いものだった。

一ブロックも歩かないうちに、キャサリンは誰かが近づいてくるのを感じた。振り返ると、通りを挟んで向かいの建物に住んでいる若い男性だった。ときどき見かけてはいたが、キャサリンは彼と一度も話したことがなかった。だから彼が積極的に親しげな笑顔を向けてきたことに、やや驚いてしまった。

「一緒に歩いてもよろしいですか？」

キャサリンは足取りを緩めた。厚かましいアメリカの男性に慣れてきたとはいえ、ご近所というあまり説得力のない根拠に基づいたものにしては、ずうずうしすぎる行動だと思った。けれども、彼はまだ少年と言っていいほどの年齢だったし、人なつっこい態度は心からのものに見えた。これほど感じのいい人に冷淡な返答はしづらかった。

「特にどこかへ行くというわけではないんですが」

「かまいませんよ」デイヴィッドは愛想良く答えた。「ぼくもそうですから」

二人は黙って一ブロック歩いた。彼女が建物から出ていくのを見かけたとき、デイヴィッドはきちんとした計画もなしに階段を駆け降りた。だが、こうして思い切って行動に移した今、自分の大胆さにたじろいでいた。一歩進むごとに、苦痛がいっそう増してきた。彼はキャサリンのほうをおそるおそる見やった。

「もうすぐまた暑くなるでしょうね」

キャサリンはそっけなくうなずいた。

こんなばかげた台詞もないな、とデイヴィッドは意気消沈して思った。こういうとき、女は男のどんな話を聞きたがるのだろう？　何かきっかけになるような言葉はないかと、最近読んだ小説の記憶を探った。しかし、最初のひと言こそ慎重に切り出すべきだったのに、まさにその手順を飛ばしてしまったことに気がついた。

この一年間、デイヴィッドの母親の手紙には、大都市の誘惑に気をつけなさいという善意からの説教が必ず書いてあった。こういった忠告は得てしてその意図と反対の影響を与えてしまうものだ。家を出た息子が世慣れて堕落した女と親しくなっているのではないかと母親が心配するたび、そうではない自分にはどこかまずいところがあるのだろうかとデイヴィッドは考えた。母親の心配をありがたいと思ったことはなかった。デイヴィッドはミセス・ペティグリューの無表情な横顔をそっと盗み見た。だが、初手の行動もわからないのに、堕落への準備などして何になると言うんだ？

公園に着くと、キャサリンは立ち止まった。誘ったわけでもない散歩の連れを振り返る。

「つき合ってくださって、ありがとうございました」彼女はそっけなく言った。「わたしの散歩はここまでです」

デイヴィッドは彼女の言葉に冷ややかな響きがあるように思った。しかし、言うまでもなく、型どおりの挨拶とも考えられた。本当に打ち解けられるまで、ご婦人は冷たい態度をとらなければならないのだろう。

「ぼくもこれといってどこかへ行くつもりはなかったんです」デイヴィッドは陽気な調子で答えた。

「そこに座りませんか？」

キャサリンはつかの間、なんとも信じられない思いで彼をしげしげと見た。彼の厚かましさに少しもいらだってはいなかったが、一緒にいることにもまったく関心がなかった。

「どうぞお好きなようになさって」そう勧めると、キャサリンは背を向けた。「わたしは花を見に行きますから」

「それはいい考えですね」

公園の真ん中には円形の大きな花壇があった。ジャングルさながらにさまざまな植物が生い茂っていて、いっさい管理されていないことは明らかだった。キャサリンはこんなふうに多くの植物があることにわくわくしていた。草花の名前を知るために、バッグに小さな植物図鑑を忍ばせていた。精神を向上させる報われない趣味に熱中していたというのではなく、狭いアパートメントの部屋をきれいに保つだけの家事では自由な時間がたっぷりとあったからだ。

庭をそぞろ歩きながら、デイヴィッドはさっきよりも期待に胸を膨らませた。花についてはさっぱりわからなかったが、花の好都合な点については見逃さなかった。花そのものについて語らなくても、愛でることはできるという点だ。

キャサリンはかがみ込んで、ピンク色の菊の花びらを調べていた。図鑑のページをめくり始める。

デイヴィッドは自分が忘れられたことに気づいてがっかりした。

ミセス・ペティグリューが学者のように夢中で花を調べている間、デイヴィッドはその横から不機嫌な顔で花を見つめていた。彼が思っていたのとは大違いの展開だった。昨夜、ベッドに横たわっていたとき、女がよくやるように、ミセス・ペティグリューが彼の私生活についてあれこれと立ち入った質問をする様子を想像していた。もちろん、事が済んで二人がまた服を着たあと、英国人好みの華奢なカップで紅茶を飲みながらの話ということになるだろう。デイヴィッドはとらえどころのない笑みを浮かべ、女としての身のほどを彼女にわきまえさせる。女にはわからない男の関心事の前では、黙って引き下がるよう心得させるのだ。やがてデイヴィッドは彼女を腕に抱き、つかの間、謎めいた哲学的な雰囲気を醸し出す。彼の抽象的な言葉や皮肉な態度に、彼女はこれから一年間、頭を悩ませるだろう。それから彼は彼女にキスをしてドアを閉め、二人の世界を永遠に別々のものにしてしまうのだ。

しかし、ミセス・ペティグリューが花から花へと移動するうち、デイヴィッドは謎めいた存在になるどころか、彼女の不可解な行動の外に自分がいることに気づいていらいらしてきた。彼はむっとして小石を蹴り、それがさっと飛んで草の中へ落ちるのを眺めていた。

すると、思いがけず彼の運が変化した。ミセス・ペティグリューがこちらを向き、庭の端に生えている小さな羊歯《シダ》のような灌木の名前を知っているかと尋ねてきたのだ。

「図鑑に載っていないのよ」彼女は文句を言った。

デイヴィッドは自然には無関心な人間だった。正直なところ、植物に対する最高の褒め言葉は、鼻に影響しない花粉であるということだ。彼は身をかがめてその植物に触れ、においを嗅いで、唇を引き結んだ。

「これは中国から来たのではないかな」彼は推測した。

「もし中国から来たとしても、名前が載っていないわ」

「正直なところ」彼は言った。「ぼくも見たことがない植物です。図鑑を見せてもらえますか？」

ミセス・ペティグリューは図鑑を渡し、デイヴィッドは腰を下ろす場所を探してあたりを見回した。彼らの後ろにあるコンクリート製ベンチは露でまだ湿っていたが、見つけた新聞紙を敷いて二人で座った。

ミセス・ペティグリューの言うとおりだった。この植物に似たものも図鑑には載っていない。「おそらく何らかの突然変異でしょう」彼は意見を言った。「メンデルは知っていますか?」

「いいえ」

「生物学者のメンデルは、お馴染みの植物にもたまに変種が見つかることを明らかにしたんですよ」

「それが何を証明したんですか?」ミセス・ペティグリューが尋ねた。

筋の通った質問だったが、このテーマについての知識を使い果たしてしまったので、彼はそれ以上、深追いしたくなかった。

「最近、ぼくも自然に興味を持つようになりましてね」デイヴィッドは話しだした。それから急いで付け足した。「でも、まったく違うレベルの話なんです。細かい事柄についてというよりは、根本原理についてです」

ミセス・ペティグリューの注意がもはやこちらに向いていないことにデイヴィッドは気づいた。公園の向こうの何かを見ているようだ。これは正しいやり方だっただろうかとデイヴィッドは考えた。女というものは抽象的な概念に無関心なことで悪名高いし、彼がもっとも精通していると感じるのは理論的な事柄だった。けれども、彼は自分が退屈な人間だと思わせてしまったようだ。点を稼がせてもらえるなら、重要だと自分が考えているどんなものでも軽く扱うつもりだった。

「うちのお隣のオブロンスキーさんに会ったらよろしいんじゃないでしょうか」ミセス・ペティグリューは言った。「その方も本好きなんです」

デイヴィッドは眉を寄せた。彼女の言葉が気に入らなかった。まるで彼が学者ぶった人みたいに感じさせるものだからだ。この曲がりくねってしまった道筋から会話の方向をどうにか変えようと、彼は身をよじってコンクリート製ベンチに落ち着こうとしていた。デイヴィッドはあまり肉付きのいいほうではなかったし、重ねた新聞紙を敷いただけなので、ベンチは座り心地がいいと言えなかった。

けれども、さらに何か言う機会は逃してしまった。ちょうどそのとき、驚くようなことが起こったからだ。

状況を考えると、デイヴィッドには想像もつかなかったことだった。こんなに早い段階でもう一インチか二インチ、ミセス・ペティグリューに近寄るのは性急すぎるかと迷っていたとき、いきなり彼女が手を伸ばし、彼の腕をきつく摑んできたのだ。

デイヴィッドは完全に言葉を失い、彼女をまじまじと見た。

そのとたん、ミセス・ペティグリューは手を離した。見ると、青ざめて少し震えている。この哀れな女は情熱を自制できなかったことを恥じているに違いない。デイヴィッドのほうは、こんな出来事はよくあると言わんばかりの態度を懸命にとった。予想外のなりゆきに驚く自分をうまく隠せていることを願いながら、必死になって何気ない表情を作ったのだ。デイヴィッドは楽観的な人間だったが、うぬぼれてはいなかった。これぐらいの関係に進むには一時間はかかるだろうと思っていた。今は、次にどうすべきかわからなかった。

とはいえ、ミセス・ペティグリューの顔に血の気が戻らないことに気づいた。真っ青になって緊張した様子でベンチにじっと座っている。デイヴィッドは別のことに思い当たった。

「ご気分が悪いんですか?」

「ええ」ミセス・ペティグリューは片手を上げて額に当てた。「頭痛がするの――気分が悪いわ」

間の悪いときに気分がすぐれなくなったことが、ミセス・ペティグリュー以上にデイヴィッドには苦痛だった。彼はミセス・ペティグリューの腰にそっと腕を回そうかと考えた。だが、常に論理的な人間だったから、頭痛がしている相手の腰に腕を回しても、論理上は役に立つと思えなかった。

「家までお送りしたほうがいいかもしれませんね」

　彼女は不安そうに立ち上がった。「ええ、すぐに帰らなくては」


　アパートメントの部屋に戻ると、キャサリンはドアに鍵をかけ、力なく椅子に座り込んだ。あの男は公園のベンチから十ヤード（約九メートル）と離れていない、背の高い藪の後ろに立っていたので、頭しか見えなかった。彼の姿を目にし、視線が合うなり、背筋がぞっとした。理由はわからない。あの男が彼女を見る目つきのせいだろう――怪我をした動物が哀れに懇願するような表情をしていた。キャサリンはそれまで一度たりともあんな目で人から見られたことはなかった。キャサリンは身をかがめて煙草を取り、手が震えていることに気づいた。あの男が誰なのか見当もつかない。マッチを擦って、窓の高さに視線を上げたとき、思い出した。鋭い道具で刺されたような痛みを覚えた。

　記憶にあったのは野球帽だ。昨日、あの男の顔には何の表情も浮かんでいなかった。あれ以来、キャサリンはあのときのことをまったく考えていなかった。一瞬、ばかげた行動をとった自分を思い出し、愕然とした。おのれの行動に言い訳の余地はなかったし、弁解しようとも思わなかった。それは人間が時として屈してしまう衝動の一つだった。振り返ると、あまりにも突拍子もない行動だったので、外部からの力によるもののように思えた。

　キャサリンは気力を振り絞って、あの時のことを頭から締め出そうとした。起こったことを信じまいとしたのだ。もちろん、時が経てば、あれもたいした出来事ではなくなるだろう。けれども今は、流れがまるで違う方向に進んでいた。とりわけ、一つの疑問が威嚇するように浮かんでいた。事の次第を知ったら、夫はどうするだろう？　キャサリンに関する限り、夫は誰に対しても激しい嫉妬心を抱いていた。夫がそばにいるとき、キャサリンはほかの男に対して不作法な態度を無理やりとることで、状況に対処していたのだ。実際、夫の癇癪が恐ろしかったことも何度かあった。夫は冗談の通じない鈍い男ではないが、風変わりなものを嫌悪した。彼の考えでは、合理的な説明のつかないものはなかった。夫には決して理解できないだろう。暑い昼下がりの退屈な時間に、あらかじめ考えたり、思いついたりするのではなく、何か軽薄で取るに足らない行動をとりたくなってしまう人間の気持ちが。ウイスキーを一杯飲んで良い気分になったからと、下着姿で見知らぬ男性にほほ笑みかけたことを彼女が説明すれば、夫の首筋が怒りでゆっくりと赤く染まっていく光景が目に浮かぶようだった。

キャサリンは煙草の火を消して立ち上がった。玄関ホールのクローゼットに向かい、床掃除用のモップを取り出す。今は体を動かす作業が必要だった。たぶん何も起こらないだろう、と彼女は断定した——まったく何も。

3

ミセス・ペティグリューを玄関のドアまで送ったあと、デイヴィッドが部屋に戻ると、ズボンを穿いていない伯父が鏡の前に立っていた。ヒューバートはデイヴィッドの白いシャツを着て、それが自分の高い基準にかなう服かどうか、ためつすがめつしていた。ヒューバートの威厳にとって幸いなことに、鏡はウエストあたりまでしか映さなかった。痩せこけた脚の上ではためくシャツの裾のせいで、ヒューバートは醜悪な鳥のように見えた。

デイヴィッドが音をたててドアを閉めると、ヒューバートは目を上げ、むっつりとうなずく甥に陽気な態度で首を振って応えた。

「今朝の調子はどうだ、デイヴィッド?」

「それはぼくの最後のきれいなシャツなんだけど」デイヴィッドはそっけなく言った。

「ああ、これがぴったりで運が良かったよ」緑の水玉柄のネクタイをあてていたヒューバートは顔をしかめてそれを脇へ置き、もっと落ち着いた青のネクタイを選んだ。「おまえはこのシャツをグレイのスーツに合わせているのか?」ヒューバートは尋ねた。

デイヴィッドの視線はまだ整えられていないベッドをとらえた。よじれたシーツの上に、自分のグレイの夏用スーツがきちんと折りたたんで置いてあった。「ちょっといいですか、ヒューバート伯父さん――」

「ズボンはウエストのあたりが少々きついが、上着はそれほど合わなくないと思うんだ。だろう?」ヒューバートはベッドに近づき、上着をはおると、これでどうだとばかりに甥のほうを向いた。「そう悪くあるまい?」

デイヴィッドは気のない態度でうなずいたが、有望な考えが浮かんで明るい顔になった。「合わないですよ。ズボンが短すぎるでしょう」

「ああ、それはここを直したんだ」伯父は自信たっぷりに答え、裾の折り返しを指し示した。

デイヴィッドはズボンの裾がすでに下ろされていることに気づいた。裾を上げていた糸がほどかれていて、以前ついていた折り目が裾から一インチほど上に見えている。

「もちろん、折り返しのないズボンは間違いなく流行遅れだ」ヒューバートは深まっていく哀愁を漂わせて認めた。「だが、背に腹は代えられないからな」

「伯父さんのスーツはどうしたんですか?」デイヴィッドは尋ねた。

「ああ、この天候ではあれは着られないよ。今日の正午に昼食の約束があるんだ。どうあってもきちんとした格好をしなければならないんだ」

つかの間、デイヴィッドは伯父が職を得るつもりなのかと、楽しい想像に浸った。しかし、たちまちそんな考えは捨てた。この老いぼれ鮫は何か企《たくら》んでいるに違いない。ヒューバートは軽く眉を寄せて鏡に映った自分の姿をじっくり見ていた。身なりを完璧にするために何かひと手間加える必要があるというように。そしてとうとう、上の引き出しにそれを見つけた。青い絹のハンカチを胸ポケットに差す。彼は満足し、笑みを浮かべて振り返った。

「さてさて、もしも万事順調にいけば、近いうちにわれわれはお別れということになるだろう」

デイヴィッドは、この知らせを疑念とともに受け入れた。これまで何度も伯父は似たような宣言をしたが、疲労困憊して意気消沈した様子で遅くに帰ってくるのがお決まりだったのだ。

「昼食に出かけるにしては、かなり早く着替えたんですね」

「そう、契約を結ぶ前に事務所でいくつか調べることがあるからな」

デイヴィッドは簡易キッチンに行き、コーヒーポットを火にかけた。伯父が〝事務所〟について話し始めるときはいつでも、家族としての忠誠心から、同じ部屋にはいられない気持ちに駆られるのだった。母の兄がペテン師だとしても、見聞きしない限りはデイヴィッドも特に恥ずかしくはなかった。デイヴィッドは棚からカップを一つ取ると、生ぬるいコーヒーを注ぎ、小さな缶からミルクを足した。部屋に戻ったとき、ヒューバート伯父の姿はなかった。

4

ヒューバート・ウィロビーがトレントン通りに戻ったのは正午を少し回った頃だった。彼の足取りからは、まぎれもなく快活さがいくぶん失われていた。歩いている間、雲一つない空から焼けつくような陽が差していた。彼は甥の上着を脱ぐと、小脇に抱えてとぼとぼ歩いた。午前中は収穫もなかったし、落胆させられて、ヒューバートは陰鬱な気分だった。そんな気分になる理由はあった。今朝来た手紙を読んで運が向いてきたぞと思ったのだが、思惑は不首尾に終わり、今やこれまでと同様にうまくいっていない。それどころか、前よりもかなり悪かった。ホテルのロビーで、かつてヒューバートが巧みに三百ドルを巻きあげた男とばったり会うという不運があったのだ。男は二日以内に金を返してくれたら喜んで罪を許そうと言った。言うまでもなく、ヒューバートにそんな金が払えるはずはなかった。

そういうわけで、ヒューバートは二日後のことを考えて身震いした。何か打つ手があるはずだ。至急、三百ドルを手に入れられる方法が。期待もせずに、乏しい数の知り合いをあれこれと思い浮かべた。数週間前、これはだめだと一人ずつ消去していって、最後に残ったのが甥だった。もちろん、今回の件ではデイヴィッドも助けにならないが、もしかしたら、あいつの友達の誰かが……。

抜け目ないヒューバートの頭の中で、ある思いつきが形を取り始めた。あの英国女、ミセス・ペティグリューだ。デイヴィッドの話によれば、彼女は世間体のいい主婦らしい。彼女にとって世間体を守ることは三百ドルの価値があるに違いない。運の急速な変化に慣れている如才のなさを発揮し、ヒユーバートはこの新しい逃げ道を探り始めた。単純な方法というだけでも魅力的だった。これ以上ないほど簡単だ。若いご婦人のところへ社交的な訪問をして、会話の最中にそれとなくこう告げる。ある額の金を払えば、レディらしからぬ振る舞いをしたところを目撃したと、あなたの夫に告げずに済むのだと。その振る舞いがどの程度、誘惑しているように見えたかはこの際、関係ない。若い妻が裸同然で立ち、通りにいる見知らぬ男にほほ笑みかけることを社会は良しとしないものだ。若い夫なら、いっそうそんな行動に耐えられないだろう。

というわけで、五分も経たないうちにヒューバートは決意した。にもかかわらず、ミセス・ペティグリューのアパートメントへ重い足取りで歩いていくとき、いつもなら新しい思いつきに感じるはずの楽観的な気分はなかった。しょせん、人には自分なりの原則というものがある。ここまで下劣な行為をしなければならないかと思うと、ヒューバートは苦い気持ちに駆られた。彼の見解では、脅迫者は才能も魅力も持ち合わせない、他人に寄生するクズの中でも最低の卑劣な奴だった。ご婦人の軽率さを利用するという下品な手段に言い訳できるのは、これ以上ないほど深刻な絶望状態にある場合だけだろう。しかし、おのれの窮状を鑑みて、ヒューバートは絶望的な状況にある人間だと悲しい思いで自らに言い聞かせた。

アパートメントの玄関ドアには鍵がかかっていなかった。階段を上りながら、ヒューバートは部屋に入れてもらうための単純な策略を心の中で復唱していた。階段のいちばん上でハンカチを取り出し、顔の汗を拭いた。それからドアを軽く叩いた。

ドアが数インチ開き、ミセス・ペティグリューが顔を出した。

「どちらさまですか?」

「こんにちは、ミセス・ペティグリュー」ヒューバートはにこやかに言った。「わたしは〈コーンベルト保険会社〉の者です。奥様がわたしどもの生命保険についてご質問があるとうかがっております」

彼女は疑わしそうにヒューバートを見た。「あら、いいえ。そんなことは知りません。相手を間違えていらっしゃるんでしょう」

「では、もしかしたらご主人がお尋ねなのかもしれません。ミスター・ペティグリューはご在宅ですか?」

「いいえ、出かけています。すみませんが」

ミセス・ペティグリューがドアを閉めようとしたせいで見えていた範囲が狭《せば》まりかけると、ヒューバートは紳士らしからぬ行動をとるしかなかった。ドアをぐいと押し開けて敷居をまたぎ、中に入って急いで閉めたのだ。

ミセス・ペティグリューは恐怖と憤りの入り混じった表情を浮かべ、あとずさった。

ヒューバートはさりげない態度をとることで彼女をなだめられれば、と思った。「座りましょう」そう言って椅子を手で指し示した。

「いったいどういうことですか?」彼女は詰問した。「あなたを存じ上げません」

「そうでしょうな」ヒューバートは愛想良く同意した。「しかし、われわれが友人ではないからといって、敵になる必要もありません。座ってもよろしいですかな?」

「いいえ、だめです」

だが、ヒューバートは暑苦しそうで悪趣味なフラシ天の椅子に早くも腰を下ろしかけていた。座りながら、金めっきで縁取られた、フルーツボウルを描いた大きな絵と向かい合っていることに気づいた。絵の下には、画家が本物そっくりに描いたことを強調するかのように、蠟細工のくだものを盛ったボウルがあった。ヒューバートは無意識に顔をしかめた。これほどの趣味の悪さは、もっと豪華な環境でなら大目に見られるだろうが。こんな絵が部屋を威圧していて、目をそらしても、東洋の神の形をした、金めっきを施した白亜の香炉に視線がぶつかるだけだった。

ヒューバートは椅子の背にもたれ、ミセス・ペティグリューの動揺した顔を楽しそうにじっと見た。「座ったほうがよろしくないですか、奥さん？　そんなに取り乱さなくても、この暑さで誰もが参ってしまいますからな」

彼の言葉には相手をなだめる効果があったようだ。座ったらという誘いには従わなかったものの、ミセス・ペティグリューは怒りよりも好奇心を持って相手を眺めるようになっていた。これはヒューバートにとってお馴染みの展開で、それに気づくと満足感を覚えた。彼は脚を組み、煙草を取り出した。

「ミセス・ペティグリュー、申し訳ないが、わたしはあまり楽しい知らせを持ってきたわけではないと思いますよ」そう言ってマッチを擦って火をつけ、煙草をふかした。「告白しなければなりませんが、わたしの立場はさっきあなたに申したものと少々違うのです」

彼は間を置き、彼女は話が続くのを困惑した様子で黙って待っていた。

「さて、ミセス・ペティグリュー、話を先へ進める前に理解していただきたいのですが、わたしは道徳的な行動の権威者のふりをするつもりはありません。しかし、わたしをここへ寄こした関係者は、あなたのある行動を……あー……近所に良い評判をもたらすものではなかったと感じているのです。

わたしが言っていることの意味はきっとおわかりですな」

ミセス・ペティグリューの頬は突然真っ赤に染まり、彼女の狼狽を察知して、彼は巧みに目をそらした。

「こちらの関係者の考えでは」ヒューバートは低い声で続けた。「あなたが個人的にどんな行動をとろうと他人が口出しすることではありませんが、それがあからさまになると、あー、いわば公の場で行なわれたとなると、状況はいささか変わってきます。つまり、この関係者と同じように、あなたにとっても状況は変わってくるというわけです」

ヒューバートはあまりうまく伝えられていないと感じた。しかし、彼の話が大当たりだったことに疑問の余地はなかった。力なくドアに背をもたせかけた彼女は、片手で目を覆ったのだ。ヒューバートは火のついた煙草に必死で注意を集中した。煙草を吸っても楽しくなかったが、そちらに目を向ける口実ができたので、言うべき台詞を慎重に思いめぐらした。彼がミセス・ペティグリューの行動を、熱烈な道徳の支持者の目から見ているのではないことをどうにかわからせたかった。もはや彼は私利私欲のない使者ではないのだと。

すると、ミセス・ペティグリューはうつむいたまま話し始めたが、非常に低い声だったので、誰かに話すというよりは自分に言い聞かせているようだった。「わたしは何も悪いことはしていません」

ヒューバートは、もっと彼女を安心させなければと感じた。「もちろん、法律に触れるようなことではありませんよ、奥さん。実を言えば、わたしもあなたと同じように、アメリカの規範は視野が狭すぎると思います。しかし、われわれが――あなたやわたしが規範を作るわけではありませんからな。こちらの関係者は大半の人々を代表しています。不快ですが、それがあなたにとってもわたしにとっても事実なのですよ」彼はため息をついた。「違う状況なら良かったのですが」

ミスター・ウィロビーの奇妙な話し方に、ミセス・ペティグリューは目を上げた。

「幸いにも、わたしが言わねばならないのは悪いことばかりではありません。こちらの関係者にすべてを忘れてもらうようにさせることはできます」彼は急いで言葉を付け足し、彼女が抗議しかけるのを封じた。「言うまでもなく、この人物は罪悪というものに執着しています。たいしたことのない軽率な行動が大げさになってしまうのです。だからといって、噂が広まったら、あなただっていたたまれないでしょう。そうじゃありませんか？」

何かのせいで、おそらく耐えられないほど冷静な侵入者のせいだろうが、ミセス・ペティグリューは不意に大胆な行動に出た。両手を腰に当て、ヒューバートが座っているところに喧嘩腰で進んでいったのだ。「あなたの用件が何なのかはわかりません」彼女は腹立たしげに言った。「でも、もう出ていったほうがいいでしょう」

ヒューバートの穏やかな顔のまわりには煙草の太い煙が渦巻いていた。彼女の態度がはったりだとわかるぐらいには、こういうことの場数を踏んでいたのだ。女と関わったときの成功のほとんどは、彼の心が彼女たちと同じように働くおかげなのは疑いもない。とはいえ、礼儀作法は守るという女性特有の奇妙な感覚は相変わらずおもしろかった。いったん、いかがわしい娯楽にのめり込み始めた女なら、それが発覚したときは憤慨してみせる特権を潔く放棄しそうなものだ。しかし、ヒューバートはそのような論理の破綻を寛容に受け止めるほうだった。

「奥さん、仲介人としてのわたしの仕事はあまり楽しいものではありません」彼はその言葉にわずかな慰めを見いだした。ある意味で完全に不正確とも言えないからだ。「しかし、昨日の午後に目撃されたことについて、あなたとご主人との間に誤解が生じたら残念でしょう」

つかの間見せた反抗心が消え、ミセス・ペティグリューはくずおれるように椅子に座った。「わかってもらえませんの？　何も起こらなかったんです。何かの間違いです」

「おやおや、あなたの行動をわたしに正当化する必要はありませんよ。あなたにはあのようにご自分を見せつける習慣はないに違いない。あの男はさぞかしハンサムだったんでしょうな」

「ハンサムですって！　わたしは彼がどんな外見かすら気づきませんでした。おわかりにならないんですか。わたしはたまたま窓際に立っていただけです。暑かったし、ちょっとウイスキーを飲んでしまったから。どうしてなのかはわからないわ」ミセス・ペティグリューは両手に顔を埋めた。「こんなひどいことになるなんて思わなかった」

ヒューバートは同様の場面を何度も見てきた人らしい無関心さで彼女を眺めていた。もはや涙が流れるのは時間の問題だった。彼女が泣きだしたとき、彼は興味なさそうな態度で煙草をふかしていた。

「わたしは何も悪いことはしていません」ミセス・ペティグリューはすすり泣いた。

ヒューバートは最初の涙の奔流が鎮まるまで話を続けるのを待った。酒についての話はいかにも典型的だった。誤った行動を女がとった場合、最終的にあらゆる状況に対応できる口実だ。彼は親切そうな笑顔でミセス・ペティグリューを眺めていた。女——なんて不思議で不合理で見え透いた種だろう。彼女たちのばかげていて儀礼的な態度に、男はうまく調子を合わせなければならない。

ミセス・ペティグリューが目頭を拭っていたとき、彼はこれ以上、クライマックスを先延ばしにする意味がないと思った。そしてゆっくりと立ち上がった。

「あまり動揺しないでくださいよ、奥さん。良いニュースもあるとわたしは言ったはずだし、本当にあるのですよ。ご主人が決して何も突き止めないことを保証します。わたしの関係者が求めているのは三百ドルだけです」

一瞬、ミセス・ペティグリューは彼が何を言ったかわからない様子だった。

「本気で言っているんですか?」

「関係者が本気で言っているんですよ」

「でも、わたしにはそんなお金はありません」

彼は肩をすくめた。「だったら、お気の毒にと言うしかないですな」

傷ついて困惑した表情が現れ、彼女は顎を震わせ、またしても――涙に暮れた。

今度はヒューバートも彼女の辱めに深入りしすぎて、冷静に眺めていられなかった。優しい気持ちから、彼女のみじめさを分かち合うべきだという気になって困惑した。ヒューバートは円を描くように部屋の中を歩き始めた。窓からドアへと歩き、また窓に戻る。そこで外の通りで何か重大なことでも起こっているのを期待するように足を止めた。これまで涙する多くの女たちをなだめた雄弁な台詞はどこへ行ったのか? 一度、ミセス・ペティグリューの肩にそっと手を置いたが、乱暴に払いのけられたのでたじろいでしまった。ヒューバートに言えることは何もなかった。彼女が自らの行動によってこんな苦境に陥ったのなら、それを指摘するのは彼の役目ではないのだ。しばらくすると、ミセス・ペティグリューは泣きやんで、振り返った彼は、真っ赤になって腫れた二つの目で見つめられていることに気づいた。

彼は大きな咳払いをした。「もちろん、関係者はあなたの手元に金があるとは思っていないでしょう」なだめるように言った。「明日の夜までに金を用意してくれれば、彼らは充分に満足するはずです」

これを聞くと、ミセス・ペティグリューはまたもや激しく泣きだした。「そんなこと、できるはずないでしょう?」

しかし、ヒューバートはすでにドアへ向かっていた。ドアノブを掴んでこちらを振り返る。「何らかの手段でどうにかできるでしょう、奥さん。あなたのようにきれいな女性ならできますよ。何か方法があるはずだ」

5

ミスター・ウィロビーが立ち去ると、キャサリンは窓辺に行って日除けを下ろした。怯《おび》えすぎて、もう涙も出なかった。今のところ、三百ドルを用意できるかもしれないとは考えられなかったし、金を作る可能性については頭を悩ませることすらしなかった。キャサリンの心を占めていたのは、夫に知られたらどうしようという恐怖心だけだった。何もかもあまりにもばかげていた。こわばった体で腰を下ろし、どうすべきか考えようとした。もちろん、夫婦の共同名義の銀行口座に多少の金はあるが、百ドルにも満たない。だが、彼女の毛皮のコートは二百ドルはしたはずだ。それに年代物の指輪も加えれば、ハーナム通りのどこかの質屋で二百ドルにはなるかもしれない。こんな希望の持てる思いつきに励まされ、書き物机の引き出しを開けて通帳を取り出した。預金残高は百十八ドル二十四セント。もしかしたら、指輪は質に入れなくても済むかもしれなかった。

もう二時二十五分だった。キャサリンは急いで着替え始めた。今日は到着する前に銀行が閉まってしまうだろうが問題ない。明日でも充分に間に合う。今、重要なのは毛皮のコートがいくらになるかだ。十分後、キャサリンは暑くて静かな通りに出ていき、十四番地へと歩き始めた。

この時間、外に出ている人は少なかった。暑さは病的なほどで、人口を大幅に減らして、生き残った者を閉ざされたドアの向こうに追いやる疫病のようだった。夕方までには猛暑による被害の報告が入ってくるだろう。労働者が熱中症で倒れ、ゼラニウムを植え替えていた老人が致命的な昏睡状態に陥り、幼い女の子が溺れたといった知らせが……軽いサンダルの薄い底を通して伝わる焼けつくような熱さのせいで、キャサリンは一歩一歩が苦痛になりだした。とある曲がり角で足を止めたキャサリンは、腕に毛皮のコートを掛けた自分を中年の女性が興味津々で見つめていることに気づいた。

美しい毛皮のコートだった。クリスマスのすぐあと、チャールズが買ってくれたのだ。コートを質に入れたら、取り戻すための金は作れないかもしれないという考えが初めて浮かんだ。今は、毛皮のコートが必要なときなど二度とないように思われた。半年先に川から吹きつけてくる凍えるほど冷たい突風と戦い、寒さで感覚もなくなって、この通りをとぼとぼ歩くなんて想像もつかなかった。とはいえ、そんなときはやってくる。そのとき、コートがないことをどう説明すればいいだろう？　夫にはバスに置き忘れたとか、物干しで風を通していたら盗まれた、と説明できるかもしれない。今の彼女は毛皮のコートがないことよりも、はるかに差し迫った状況に追い立てられていた。キャサリンはハーナム通りへ曲がり、そのブロックで最初に目についた質屋のドアを開けて入っていった。

店の奥では男が腰を下ろし、腕時計の内部を調べていた。キャサリンの姿を目に留めると、彼は興味なさそうに顔を上げ、また作業に戻った。埃をかぶった機器が所狭しと詰め込まれた、暗くて散らかった店内だった——腕時計やカメラ、双眼鏡が並んでいる。こうした品々が狭い分類棚や高くて薄暗い棚に置いてある様子は、この店そのものと同様に時代遅れでわびしい印象を与えた。カビの生えた陸軍のレインコートが積み重ねてあるのを除けば、衣類は陳列されていなかった。

「服でお金を貸してくれますか？」彼女は尋ねた。

男は小さなねじ回しを使って腕時計をじっくりと調べていた。ややあってからねじ回しを置き、染みのついた煙草を取り上げた。男は痩せて陰気な顔をしていた。黒くて長い髪は早朝に櫛で梳かしたのだろうが、今は油じみた二つの輪のようになった髪が目にかぶさっている。彼は口に煙草をくわえてマッチを擦り、無表情でキャサリンを値踏みした。

「ときどきはな」

「これでいくらになりますか？」

男は立ち上がると、彼女がカウンターに置いたコートに触れた。

「こいつを質に入れたいのか？　それとも売りたいのかい？」

キャサリンはためらった。「どちらでも、多くいただけるほうで」

男は腕を伸ばしてかさばるコートを持ち上げ、疑わし気にキャサリンのほっそりした体と見比べた。

「これはあんたのかね？」

キャサリンは軽く顔を赤らめた。「もちろんです」

「ふうむ」裏地に手を滑らせながら、彼は気乗りしなさそうに調べた。「三十ドルだ」

「そんな。二百ドル以上したんですよ」

彼は肩をすくめた。「わたしの着ているスーツが見えるだろう？」穿いたズボンを見せるため、彼は膝を持ち上げてみせた。「これは六十五ドルで買った。これを売ったらいくらになると思う？　七ドルか八ドルだ。よくても十ドルってとこだろう」

「そうでしょうけど」キャサリンは抗議した。「でも、このコートは今年の冬に買ったばかりなんです。着古したものではありません。新品同様です」

男はげんなりしたように彼女の言葉を聞いていた。「奥さん」彼は言った。「とにかく着て一ブロックでも歩き回ったら——どんな服でもかまわないが——それはもう古着なんだ。ここでは古着の需要はない」

キャサリンは落胆してコートを取り上げ、毛皮を撫でた。「こんなコートが手に入ったら喜ぶ女性は大勢いると思うわ」

「あんたが考えている金額を払うとなったら、話は別だろう。そう、わたしならそんなコートの新品を百ドルで売って、しかも儲けを出せる」彼はふたたび腰を下ろした。「そうだな、三十五ドルなら出してもいい。だが、それ以上は無理だ」

キャサリンは店を出た。出ていきながらちらっと振り返ると、店主はすでに腕時計の内部を調べるのに没頭していた。

このブロックには五軒の質屋があった。キャサリンは次々と質屋をまわった。それから隣のブロックへ行った。三時十五分にはもう諦めていた。毛皮のコートについた価格は三十五ドルが最高だった。この頃には、腕に掛けていたせいでコートの裏地が汗で湿っていた。キャサリンは暑い中、家への長い道を歩き始めた。アパートメントまでは十ブロック戻らなければならないのに、気温は最高点に達しようとしていた。喉が渇いたのでドラッグストアを探した。一軒もなかったが、前を見ると、このブロックの真ん中あたりに〈メイフラワー・カクテル・ラウンジ〉と黒々とした太文字で書いてある看板が目に入った。その下には「ご婦人用のボックス席あり」とあった。

キャサリンはその店に入り、テーブルについた。陽光のまぶしさと対照的に、ここの明かりは消えそうなほど弱められていた。バーカウンターの後ろには鏡に沿って青いネオンが弱々しく光っていたが、部屋の反対側にあるボックス席は暗闇に沈んでいた。空気は乾いてひんやりしている。あまりにも涼しいので、キャサリンは肩にコートを掛けたくなったが、そんなことをしたらばかげて見えるだろう。親切そうな笑顔のバーテンダーはがっしりした男で、一人しかいない客とシャッフルボード（コートの反対側にある得点源に向かって、キューと呼ばれるスティックで円盤〔ディスク〕を押し出し、得点を競うゲーム）で遊んでいた。てきぱきした態度でこちらへ来ると、バーテンダーはキャサリンにほほ笑みかけた。

「何か冷たいものをください」彼女は言った。「コーラでも」

「バーボンコークですか？」

「バーボンはいりません。氷をたっぷり入れたコーラをお願いします」

バーテンダーが戻ってくるのを待つ間、キャサリンはいらいらしながら指でテーブルを叩いていた。思いつきが失敗した今、夫に手紙を書いて、水曜の午後に起こったことを正確に話さなければと決心していた。けれども、どう伝えたらいいかと考えても、決まってあの嫌悪に満ちた表情が目に浮かんだ――夫の顔に一度だけ浮かんだ嫌悪感――酔った大佐が鞄を運べと傲慢に夫に命じたときのことだ。

バーテンダーが彼女の前にグラスを置いた。

快適な椅子でくつろぐにつれて、キャサリンの不安はいくらか消え始めた。夫に何も話す必要はない。取るに足らない出来事にどうして自分はこんなにやきもきしているのかという思いが、すでに湧きだしていた。結局のところ、あのばかげた髭を生やした男に何ができるというの？　確かに、最初は彼に怯えていたが、考えてみるとばかばかしかった。あの男が厚かましくもまた現れたら、警察を呼ぶと脅してやればいい。相手が思うほど、こっちは怖がっていないことをわからせてやるのだ。よくよく考えてみれば、不安に思わなければならないのはあの男のほうだ——脅迫なんかしているのだから。キャサリンはコーラを飲み終わり、かなり気分が良くなってバーをあとにした。

家に着くと、防虫剤の入った袋に毛皮のコートを戻した。それからシャワーを浴びて清潔な服に着替え、居間に行った。偶然だが、腰を下ろして唇に煙草を運んだとき、柱時計が四時を打つのが聞こえた。彼女は煙草を置いた。すべてを頭から追い出そうと決めたにもかかわらず、何か抗いがたい力に駆られて立ち上がり、窓辺に寄った。落ち着かない気持ちで外を覗く。通りにはまったく人の気配がなかった。

6

ミスター・フォルジャーは朝食のいらだたしい出来事のあと、今夜は遅くまで帰宅するまいと決心した。いつものベーコンエッグが食べられなかったせいで、その朝は不機嫌で復讐に燃えながら仕事をした。なんて不公平なのだと、うじうじ考えていた。朝食をとれたとしても、週給六十ドルでは、男の楽しみなどごくわずかなのだからと苦々しい気持ちで考えた。こんな状況はまともじゃない。すきっ腹を抱えていらだっていたので、ミスター・フォルジャーの仕事には明らかに影響が出ていた。彼には体の構造についての知識がほとんどなかったが、しなびたベリーよろしく縮んでぶら下がる胃腸を思い描くと、ぞっとした。すべては不注意で意地悪な妻のせいなのだ。あいにく、職場での地位はさほど高くなかったから、下の者をいじめて気をまぎらすわけにもいかなかった。その朝は声をかけてきたみんなに対して、ミスター・フォルジャーはむっつりして失礼な態度をとったが、そんな消極的な気晴らしではかえっていらだちが募るだけだった。ミスター・フォルジャーを同情の目で見る人がいたとしても、気やすく近づけないほど人間嫌いなのかも、と思っただろう。髪が薄くなりかけた四十五歳の低賃金の事務員が、不機嫌な女と結婚している自分に気づくくらい、人間というものを憎むのにふさわしい理由があるだろうか?

　だが、性格からすれば、皮肉な行動などミスター・フォルジャーの性に合わなかった。優れた洞察力という才能があるために幻滅感を覚える、などといったことはなかったのだ。彼は空腹だから妻に腹を立てていたのであって、男にとってそれ以上の問題があるなんて思いもしなかった。温かい昼食をとったとたん、恨みは早くも氷解した。だからといって、職場からまっすぐには帰宅しないという気持ちが変わったわけではなかった。はち切れそうなお腹で、存分に食べた喜びに浸っていても、その決意は揺らがなかったのだ。自分が決めたことだし、やり遂げるつもりだった。それどころか、午後が過ぎるにつれて、家を空けるのに絶好の口実を妻がくれたことをむしろ喜ぶ気持ちになっていった。ここ何カ月もおもしろいポーカーゲームにご無沙汰していたからだ。五時になると、ミスター・フォルジャーは幸せそうなため息をついて机の引き出しに鍵をかけ、帽子掛けから麦藁帽を取った。ミスター・フォルジャーは弁当箱持参の庶民的な印象が、麦藁帽でなぜか打ち消されると思っていた。もっとも、今日はマイラが弁当を詰めてくれなかったから、帽子のそんな効果も必要なかったが。

　ミスター・フォルジャーはエレベーターを降りると、どしゃ降りの外を眺めているときと同じようにみじめで気乗りしなさそうな表情で通りを見ている事務員や速記者をかき分けて進んだ。間もなく、空調の効いたこの建物から出ていかねばならない。彼らはその見通しに浮かない顔をしていた。いつものように、ミスター・フォルジャーは足取りを乱すことなく、スイングドアから大股で出ていった。だが、ほんの数秒で、こんなふうに大胆に出ていく報いを受けることになるのが常だった。それがどんなにつらいか、彼は決して覚えていられないのだ。あっという間に、全身に汗がどっと噴き出してきた。彼の左側にいた女性は立ち止まり、軽くふらつきながら片手を額に当てた。ミスター・フォルジャーは騎士道精神など持ち合わせていなかったから、ペースを速めた。通りを二ブロック進み、〈コメット・レクリエーション・パーラー〉へ入っていった。

夜のポーカーゲームはまだ始まっていなかった。店の奥の部屋では三人の男が静かにブラックジャックをやっていた。ミスター・フォルジャーはブラックジャックには関心がなかった。バーカウンターに腰を下ろし、コンビーフ・サンドイッチを注文した。鏡に映った自分の姿を目にして手が止まった。口髭を生やし始めていたことを忘れていたのだ。ミスター・フォルジャーは左右を交互に向き、他人の目で口髭の様子を見てみようとした。口髭は男の外見を著しく変えてしまう。威厳がある感じ、邪悪な感じ、あるいは堅苦しい感じになる。ミスター・フォルジャーの肉付きのいい顔では、口髭は乱雑にできた染みにしか見えなかった。相も変わらぬいつもどおりの自分に見えて、普段よりもやや浮ついた感じがする程度だった。だが、そう気づいたところで彼はどうとも思わなかった。きゅうりのピクルスを齧り、ほかのことに気持ちを向けただけだった。

サンドイッチを食べ終わった頃には、ブラックジャックをやっている男は四人になっていた。ミスター・フォルジャーは愉快な気分で静かにその部屋に入っていき、空いている椅子に深々と体を沈めた。彼のゲームは六時十五分前、財布を開けて五ドル札を一枚取り出したときに始まった。

十時半、ミスター・フォルジャーは右側にいる男に体を寄せ、恥ずかしそうにささやいた。家に帰るためのバス代を貸してもらえないかと。

ミスター・フォルジャーはトレントン通りから三ブロック離れたところでバスを降りた。あまりにも負けが込んだせいでまだ茫然としていた。だが、雑貨店の前を通りすぎたとき、煙草一箱を買う金もないというつらい現実に胸を突かれた。それが悲劇だったのは、いつも以上に煙草を欲していたからだ。雑貨店のショーウィンドウにある、にっこり笑って「チェスターフィールド」を一箱差し出しているボール紙の看板に描かれた女性を見て、彼は唇を引き結んだ。一瞬、彼女が自分に話しかけているという奇妙な考えが浮かんだのだ。

「今お帰りですか、フォルジャーさん?」

彼はぎょっとして、看板を見るのをやめた。そこにいたのは英国人の女性、ミセス・ペティグリューだった。雑貨店から出てきたところらしい。雑誌を一冊抱えている。

ミスター・フォルジャーは黙ってうなずいた。

ミセス・ペティグリューは疲れた様子だった。おずおずとほほ笑みかけたが、彼の冷ややかな顔を見たとたん微笑を引っ込めてしまった。「一緒に歩いてもよろしいでしょうか」彼女は訊いた。「この通りは暗すぎるので」

「もちろん、いいですよ」

ミスター・フォルジャーが彼女の腕を取ることはなかった。これまで女性の腕を取ったことなど一度もない。二人は無言で一緒に歩き、トレントン通りへの角を曲がったとき、彼はミセス・ペティグリューが不安そうにあたりを見回していることに気づいた。妙だと思ったが、それはつかの間だった。

ミスター・フォルジャーは物事を詮索するような性分ではなかったし、暗闇に対する女性の大げさな反応など、なおさら関心がなかった。

「暑すぎますよね」彼は慎重な口ぶりで言った。

「ひどい暑さですものね」

「しかし、長くは続かないでしょう」彼はもっともらしく確信を持った口調でつけ加えた。

「どうしてですか?」

「猛暑がここまでひどくなると、そう長くは続かないものです」

「まあ、そうなんですか。そうなんですね?」

ミセス・ペティグリューがまるで疑う様子もなく、喜んで受け入れてくれたので、彼はどうしてこんなことを言ったのかと考えずにはいられなくなった。それはたまたま本当のことだったのか? それとも、ただ口からそんな言葉が出てしまっただけだろうか? 自分が独創的な考えを持っていると本気で思ったわけではなかったが、三度同じ言い方で言われたことは疑う余地のない事実としていつも受け入れていたのだ。最近、彼はそのことに敏感になっていた。というのも、同じ会話の中で二つの相反する見解を自分が言ってしまったことに一度ならず気づいたからだ。

ミスター・フォルジャーはいつも煙草を入れているポケットに思わず手を突っ込み、たじろいだ。ミセス・ペティグリューを注意深くちらっと見ながら、煙草を一本ください と頼んだら不作法だろうかと考えた。もちろん妻は煙草を箱で持っているに違いないが、彼女は輸入ブランド品を吸っていて、彼はそれに吐き気を催すふりをしていた。妻に煙草を一本ねだれば、妙だと思われるだろう。

二人はアパートメントに近づいていた。このあたりは本当に暗かった。ここを一人で歩きたがらない女を責められないとミスター・フォルジャーは思った。遠くの街灯の明かりで人影が一つ、ぼんやりと現れてきた。

「あそこに立っている男は何をしているんだろう」ミスター・フォルジャーは言った。

ミセス・ペティグリューは立ち止まった。彼の後ろから出し抜けに聞こえた彼女の声は緊張してささやき程度に小さかった。「誰ですか？　どこにいるんです？」

ミスター・フォルジャーは足を止めて彼女を待ちながら、笑いだしたくなった。女って奴はなんて愚かなんだろう。

「向こうですよ。あのタクシーの運転手です」

運転手は車にもたれ、小声で自分に悪態をついていた。どうやら運賃を踏み倒されたばかりのようだ。それから彼は車に乗ったが、まだ怒りが冷めないようで相変わらずぶつぶつ言っていた。そして行き場のない怒りを車にぶつけてローギアで荒々しく発進した。

「少なくとも、大きな打撃を与えた馬に、人は鞭を打てるというわけだな」ミスター・フォルジャーは感想を言い、すぐそばの暗がりにいるミセス・ペティグリューの表情を読み取ろうとした。

しかし、ミセス・ペティグリューはかなり怯えているようだった。コンクリート製の階段を上って玄関に着いたとき、彼女は無言で脇に立ち、ミスター・フォルジャーがドアの鍵を開けるのを待っていた。

彼は念入りにポケットを調べ、またそれを繰り返した。

「わたしの鍵があります」ミセス・ペティグリューは申し出た。「鍵をお忘れのようなら」

「本当のことを言いますよ」彼は嘘をついた。「探していたのは煙草なんです。雑貨店まで戻らなければならないようだ」

「あら、その必要はありませんわ。うちに予備の煙草が一箱あります。明日、同じものを買って返してくだされば結構です」

それはミスター・フォルジャーが期待した以上の申し出だった。彼はミセス・ペティグリューのあとについて彼女の部屋まで階段を上った。明日どうやって煙草を返せばいいかということは、さしあたり彼の心で重要な位置を占めていなかった。とにかく煙草が欲しかったのだ。

けれども、ミセス・ペティグリューは自分の思い違いだったことに気づいた。予備の一箱を吸い終えてしまったことについて、彼女はミスター・フォルジャーには不必要とも思われるほど長々と言い訳した。自分の煙草なのだから、そんな言い訳はいらないのに。だが、短く説明しようが長々と説明しようが、事実は変わらなかった。煙草はなかったのだ。彼は妻と向き合うため、憂鬱な気分で下の階に降りた。

夫が入ってきたとき、マイラ・フォルジャーは目を上げようともしなかった。彼女は頑なな態度で顔の前に小説を掲げたまま座っていて、ミスター・フォルジャーが重い足取りで床を歩いていったときに見せた反応は、さらに一インチほど本に身をかがめたことだけだった。クローゼットの棚に帽子を置いて居間に戻ってきたミスター・フォルジャーは、妻の厳しく張りつめた表情が変わっていないことに目を留めた。いつもの椅子に音をたててだらしなく腰を下ろすと、立て続けに声を出してあくびをしたが、やがてかすれたため息に変わってしまった。

マイラは本を下ろし、嫌悪感を露わにして夫を探るように一瞥したが、また読書に戻った。

ミスター・フォルジャーは靴を脱ぎ、落ち着いた様子で両足の爪先を掻いた。マイラとの生活では平穏な状態など思い描いていなかった。おそらく妻は自分が気を緩めたときに不意打ちしようと身構えているのだろうと思った。ミスター・フォルジャーはまたあくびをした。実のところ、どうでもよかった。それどころか、マイラのもとに戻ってきて奇妙なほど心が休まるのを感じていた。妻といると、彼の失敗はいっそう正当化された。自分が損をすれば、マイラも同様に困窮するかと思うと、少しは利点があるように感じられた。結局、こうなったのは彼女が悪いのだ。ミスター・フォルジャーはエンド・テーブルからパイプを取り上げ、古い煙草の葉が入った保湿箱から煙草の葉を摘み出した。

彼が親指でパイプに煙草の葉を押し込んでいたとき、マイラはバタンと不吉な音をたてて本を閉じ、敷物の上に落とした。

「よくもまあ、ぬけぬけと座って、そんなことを……」

マイラは言葉に詰まったが、ミスター・フォルジャーは最初の驚きから覚めたあと、雄々しくも彼女の台詞を引き取った。

「……パイプを詰めているんだが」

「まあ！」マイラは文字どおり体を震わせていた。青ざめた唇は一本の線ほどに引き結ばれている。

ミスター・フォルジャーは歯でパイプをくわえると、軽い好奇心を込めて妻を見た。マイラには数多くの欠点があるが、曖昧な態度をとることはなかった。はっきりしない物言いはやめてほしいと彼は願ったし、そのとおりになった。

「あなたがどこにいたかはわかっているのよ」突然、マイラは怒りを爆発させ、雄弁になった。「そんなに太ってるくせに、うぬぼれた態度で座っていないでよ。わたしをうまくだませたなんて思わないことね。あなたが帰ってきた物音は聞こえたのよ。どこにいたかも知っているわ。もし、あなたがそんなことを思いついたのなら……」

　長年の習慣から、ミスター・フォルジャーは妻の悪口を黙って受け流すことにしていた。マイラを眺めながら、彼は軽く目を細めた。結婚して九年になるが、彼女に喉ぼとけがあることに初めて気づいてひどく驚いた。前よりも痩せたからか？　こんなことをミスター・フォルジャーが考えていると、マイラの毒舌が出し抜けに意識に飛び込んできた。

「……一つだけはっきりさせておきたいの。一つだけね。自分が賢いなんて思わないで。だって、あなたは……」

　もちろん、マイラの虜になっていた頃、ミスター・フォルジャーが関心を抱いたのは喉ぼとけなどという部分ではなかった。しかし、そうであっても――。

「何をじろじろ見ているのよ、この間抜け」

　ミスター・フォルジャーはことさら手間をかけてパイプに火をつけ、茶番に見えないようにできるだけ時間を引き延ばした。妻が不愉快な要求をしてくるとき、彼がそんな落ち着いたしぐさをしてみせることはよくあった。

「何の話をしているんだ？」ミスター・フォルジャーは平然とした口調で尋ねた。

　マイラは息をのんだ。けれども、そうやすやすと夫を解放してやるつもりはなかった。「今夜、あなたが彼女と出かけたことはわかっているんだから、嘘はつかないで」

「彼女？」

　ミスター・フォルジャーは芝居のできる人間ではなかった。困惑ぶりは明らかに本物だったから、マイラほど疑り深い人間でなければ、それ以上は追及しなかっただろう。

「事実でしょう？」

ミスター・フォルジャーはぽかんと口を開け、危うくパイプを落とすところだった。二人ともそれぞれの理由があったのだが、どちらも状況がよくわかっていないというばかばかしさがこの場面にはあった。ミスター・フォルジャーが女性を低く評価しているのは確かだ。だが、見当違いではあっても、彼の態度にはまぎれもなく誠実さがあった。ロマンスの面では不運続きだったから、皮肉なものの見方をする男たちとは違っていた。おもに関心の程度が問題だったのだろう。実を言えば、ミスター・フォルジャーは女性よりも野球が好きだったのだ。女性の自尊心にとって仰々しい結婚式が不可欠であるように、男の自尊心にとってはときどき女を落とすことが欠かせないと、ある男が職場で言ったとき、ミスター・フォルジャーは別段、怒りも感じなかった。そんなことはばかばかしいと片づけただけだった。こういったことをマイラが知っていれば良かったのだ。

けれども、彼女はいじめに等しい執拗さでさっきの質問を繰り返していた。必要なのは、意気揚々と彼の地位を乗っ取るための攻撃だとばかりに。

「事実なんでしょう？　答えて！」

ミスター・フォルジャーは勢い良くパイプを吸った。古びたパイプで、使用頻度が多いのと掃除が不充分なせいで詰まっていた。だが、強く吸い込むと、楓《カエデ》の香りのする煙が舌をひどく刺激した。彼は煙を吐き出しながら、考え込むような表情で妻を観察した。パイプの煙で靄《もや》っている空気も、妻のこわばった厳しい表情を柔らかくは見せてくれなかった。

「マイラ」ミスター・フォルジャーの口調は疲れたような、少しばかりうんざりした響きを帯びていた。「いったい何のことを言っているんだ？」

「上の階の女のことよ」彼女はぴしゃりと言った。「ミセス・ペティグリュー。あなたが彼女とどこかへ出かけていたことは知っているわ。だから、知らないふりはやめて……」

ミスター・フォルジャーは、この突飛な非難について考えようとした。あからさまな笑い声はあげなかったが、笑いたくてたまらなかった。ミセス・ペティグリューとは。なんてこった、子ども同然じゃないか。この女は本当に頭がどうかしている。

攻撃が少しやんだので、身構えていた彼は気を緩めた。すると、抑えてはいるものの威嚇するような妻の声が襲った。「それで、何か言い訳することはあるの？」

彼はマイラをうつろな表情で見た。「ほかに言いたいことはあるのか？」

「じゃあ、否定しないのね？」

「何を言っているのか、まったくわからない」

マイラは深々と息を吸い込み、痩せた胸を緊張させていた。口を開いたとき、自分の言葉の激しさにひるむように頭をやや引いていた。

「不潔なけだものめ！」

この言葉にミスター・フォルジャーはすぐには反応しなかった。パイプを吸い続け、食いしばった歯の間から定期的にぱっと出る勢いのいい煙だけが彼の敵意を表していた。彼はもうたくさんだとばかりにパイプを脇に置いて立ち上がった。

「マイラ、いつかおまえはどうしようもなくみじめな女になるぞ。間違いない」

こう言うと、彼は妻を置き去りにして寝る支度をするために出て行った。

四章　金曜日

　翌朝目が覚めたとき、マイラ・フォルジャーは気分がすぐれず、起き上がれなかった。夫は彼なりの理由で妻を起こさなかったので、マイラが目を開けて、室内に入ってくる陽光に気づいたときは九時になっていた。具合が良くないときはベッドに横になり、自分に加えられる残酷な行為をあれこれと思いめぐらしてひねくれた満足感を覚えることがあった。しかし、今日は慰めを得られず、激しい苦痛のみを感じた。枕はずきずき痛む頭を締めつける万力のようで、起き上がると、痛みは耐えがたかった。これほどまでの頭痛は経験したことがない。敏感な性質《たち》だったから、マイラは痛みに耐性がなかった。以前、熱くなったフライパンを爪先に落としてしまったとき、一晩じゅう夫に温湿布と冷湿布を交互に持ってこさせたことがあった。もっとも、どちらの湿布もたいして効果はなかったが。けれども、今回の痛みは単なる肉体の痛みではなかった。虚弱な彼女から体力をすべて奪い去るような痛みで、マイラは疲れきって動けなかった。

　上掛けから細くて血の気のない手を抜き出したマイラは、それを見て少し泣いた。すぐに医者を呼ばなければ。こんなときは、貪るように読んだ大衆向けの医学文献にあった言葉が恐ろしいほどはっきりと浮かんできた。不吉な予感に引き寄せられる気持ちを抑えられなかった。くよくよ考えるうちに、おぞましい疑念にとらわれ始めた。これほど弱った体では、急激な発作に見舞われかねない悪質な病の餌食になってしまうだろうと。マイラは身震いした。死にたくはなかった。これまで人生から与えられたものを嫌悪していたが、近いうちにすべてが変わるかもしれない。彼女は慰めとなる、こういう逃げ場をいつも思い描いていた。手首の青い静脈をさっと切って自らの手で命を終えることなどできないように、そんな良い変化はあり得ないという明らかな事実も認められなかったのだ。

途方もない勇気を振り絞り、湿ったシーツを押しやると、マイラは起き上がった。スリッパには手を伸ばさず、家具に手をついて体を支えながら裸足で居間にそっと入っていった。電話までたどりつくと、オズボーン医師の番号をまわした。秘書が電話に出たので、マイラは医師と話したいと頼んだ。

「先生は今、手が離せません。わたしではお役に立ちませんか?」

「たいしてお時間はとりません」マイラは懇願した。「ちょっとだけ先生と話したいんです」

「申し訳ありません。診療中の先生の邪魔をするわけにはいかないのです」

マイラはそれが本当ではないことを知っていた。マイラは一度ならず、症状を医師に説明していたときに待たされたことがあった。医師は受話器を取って別の患者と話していたのだ。

「フォルジャー夫人が、緊急事態でオズボーン先生と話さなければならないとだけ伝えてください」

秘書の返事はなく、ややあって医師の朗々とした声が聞こえてきた。

「もしもし。ご用件は何ですか?」

「先生、フォルジャーです。今すぐいらしていただけませんか?」

「どうされましたか、フォルジャーさん?」

「ひどく具合が悪いんです、先生。頭が割れそうに痛いし、体にまったく力が入らなくて、全然動けません」

「アスピリンは飲んでみましたか?」

「アスピリンですって!」マイラは非難するような嫌悪の響きを込めて繰り返した。「アスピリンなんか飲んでいる場合じゃないんです。おわかりになりませんの? わたしは病気で、一人きりなんです」

しばらく間があき、医師が続けた。「まあとにかく、あと一時間はかかりますよ、フォルジャーさん。それより早くはうかがえません」

「わかりました。それじゃ、お待ちしています」

マイラは寝室に戻らず、ソファに間に合わせのベッドをしつらえた。こんな状態のときに世話をしてくれる人がいないという人生のつらい不公平さを、またしても思い起こした。枕をきちんと並べてくれて、背中をマッサージしてくれて、オニオンスープを持ってきてくれる使用人がいたら、病気にも耐えられるだろうにと思った。

とはいえ、医師が往診に来てくれるという期待感で、さっきよりも少し気分がましになった。医師は自分のことを話すようにと、マイラに言ってくれる唯一の人間だった。言うまでもなく、患者の不平に耳を傾けるのは医師の仕事なのだが、自分の場合、彼が職業上の態度を脇へ置き、もっと個人的な関心を持って診てくれているのだとマイラは思っていた。その表れの一つとして、彼らは治療と少しも関係がない事柄について論じ合うことがよくあった。あとになると、自分たちが何の話をしたのかすら思い出せなかったが、マイラは診察を受けるといつも気分が良くなった。

電話をかけてからほぼ正確に一時間後、マイラはオズボーン医師の緑色のビュイックが家の前に止まるのを見た。ソファに心地良さそうに横になっているところを見られたら回復したと思われかねないので、マイラは急いでベッドに戻った。そこから弱々しい声で、どうぞ、お入りになって、と医師に声をかけた。

医師がミセス・フォルジャーの家を往診したのはこれが初めてだった。医師が寝室に入ってきたとたん、マイラはここで診てもらうことにしたのを後悔した。オズボーン医師は五十歳で、平均よりやや背が高かった。この暑さにもかかわらず、グレイのダブルのスーツを着ている。彼は鞄を床に置き、かすかに微笑を浮かべてミセス・フォルジャーのほうを向いた。

「さて、具合が良くない人にしては、お元気そうですな」

マイラは不機嫌になった。彼の型どおりの前置きには必ずいらいらした。医師は初めのうち、昔ながらのお決まりの言葉などマイラはわかっているので、もう少しまともなことを言われたがっているのだということをいつも忘れてしまう。

「わたしは本当に具合が悪いんです、先生」

「顔色はよろしいですよ」

「そんなはずないでしょう?」マイラはむっとして言い返した。「顔は真っ青のはずです」

「今朝はどこがお悪いのですか?」医師は穏やかな口調で尋ね、椅子にきちんと座り直した。

医師の顔にマイラの言葉を真剣に受け止めているらしい表情が見られ、彼女は症状を話す気になった。少し起き上がってうめき声をあげ、またベッドに横になる。

「背中の痛みがぶり返しましたか、フォルジャーさん?」

「今回は頭痛なんです、先生。ここ数週間、あまり頭痛はありませんでした。でも、今回のはこれまでのような頭痛じゃありません。なんだか――うまく説明できませんが――全身の力が奪われたみたいで」

オズボーン医師はマイラの手首を取り、無言で脈拍を調べた。それから尋ねる。「昨夜はよく眠れましたか？」

「眠れていないと思います」マイラは答えた。「たくさん夢を見て、何度も目を覚ましました」

「なるほど。暑さのせいですね」

医師が事務的に視線を部屋に走らせると、マイラはたじろいだ。世間体を気にするマイラは、この部屋の粗末な光景のせいで医師に見下されたくなかった。けれども、こちらを向いた医師の表情はさっきと変わりなかった。

「この暑さのせいで、誰でも体調が悪くなったと感じるんでしょうな」

「暑さのせいじゃないんです！」急に大きくなったマイラの声に、どちらもぎょっとした。彼女は指に視線を落とし、抑えた口調で続けた。「まともな気候の土地へ逃げ出せるなら、具合は良くなるかもしれません」嘲りのこもったしぐさで片手をひらひらと振ってみせた。「たぶん先生もおわかりのように、そんなことはできないでしょうけれど」

オズボーン医師は椅子の上で軽く身じろぎした。内心はこんなみじめな女たちに我慢するのは嫌だったが、そう思うのをうまく隠すことによって、彼は少なからぬ収入を手に入れているのだ。「そうですな、フォルジャーさん」彼は重々しく言った。「逃げ出したくなるときは誰にでもあるでしょう」

マイラは額に手を置いてうめいた。医師が彼女自身から人類全般に話の焦点をずらしたことに失望したのだ。「でも、わたしの体調についてはどうしてくれますの？」

医師は鞄を開けた。「思うに」小さな封筒を取り出しながら助言する。「少し眠れば、目を覚ましたときには世の中がかなり良くなったと感じるでしょう」

マイラは息をのんだ。「何もかも心の問題だとおっしゃりたいの?」

オズボーン医師はどう返答していいかわからなかった。言うまでもなく、最初からこれが彼の診断結果だった。何度も検査したが、重大な病は何も見つからなかった。ミセス・フォルジャーの体はどこも悪くないと思っていたが、そう主張しても無駄なことをオズボーン医師は心得ていた。「そんなに単純なことではないんですよ」彼は答えた。「ですが、心地良い昼寝が悪影響を与えないことは間違いありません」

マイラは医師への信頼が揺らいでいるのを感じた。今回の症状は緊急事態だと思ったし、自分をひと目見たとたん、医師が救急車を要請すると思っていたのだ。実を言えば、ひそかに期待していたのだった――ひんやりした病院のベッド、気配りのできる看護婦たち、トレイに載せて運ばれる食事。医師がアスピリンや睡眠薬のことを口にするのは残念だった。

「これ以上の治療ができるお医者様がこの街にはいるに違いないわ」

オズボーン医師は音をたてて鞄を閉めた。「フォルジャーさん、やりたくないことをあなたにやらせる医師など世の中にはいないと断言しますよ」

医師の言葉を聞きながら、マイラはいらだちと怒りに駆られてベッドカバーをもみくちゃにしていた。ややあって、ようやく声が出た。

「先生だって、わたしにそんなことは言わないでしょう。もし、わたしがウエストサイドに住む裕福な女性だったら」

オズボーン医師は医療に携わる人間に期待される忍耐心や同情心を、苦しんでいる患者に示そうと努力していた。しかし、マイラのやつれた顔を覗き込んだとき、軽蔑の念を抑えきれなかった。彼は我慢できる範囲で人間の弱さを大目に見たが、心底から謙虚な人間でもなかったし、自分でもそのことはわかっていた。さらに、人の性格を作り替えることなど一筋縄ではいかないと思っていた。それが、彼が気前良く薬を出す理由の一つだった。末期症状の患者の痛みをやわらげる鎮静剤や、憂鬱を乗り越えるための覚醒剤を与えるように、ミセス・フォルジャーのような人々の機嫌を取ることにしていた。彼はベッド脇の小テーブルに小さな袋を二つ置いた。

「少し眠ろうとしてみてください、フォルジャーさん。こちらの薬は頭痛用です。明日になっても良くなっていないようだったら、診療所に予約を取ってください。検査をしましょう」

マイラは窓のほうへ顔を向け、抑揚のない無関心な態度で話しかけた。まるで使用人を解雇でもするかのように。「これ以上のご迷惑はおかけしませんわ、先生」

オズボーン医師はため息をついた。「それではお好きなようになさってください」

「そうします」

医師は軽くお辞儀すると、鞄を持って無言で部屋から出ていった。

車まで行く途中、彼はミセス・ペティグリューに会った。買い物袋を持って帰ってきたところだった。医師の鞄に目を留めるなり、彼女は心配そうな表情になった。

「フォルジャー夫人ですか？」彼女は尋ねた。

オズボーン医師はうなずいた。

「何かわたしにできることはありますか？」

彼は患者の家のドアを振り返った。「彼女の場合、誰もたいしたことはしてやれないと思いますよ」

2

ひときわだらしない宿泊客が〈キャッスル・ヒル・ホテル〉から出ていくたびに、ウォルターは部屋の掃除を手伝うようにと地下室から呼び出された。たいていの場合、山積みになったごみ箱を片づけるという仕事で、ウォルターはそれを地下に運んでいってごみを燃やした。その朝、散歩から戻ったウォルターを待っていたのはこんな仕事だった。支配人に呼ばれ、メイドを手伝うようにと三階へ行かされた。

メイドは定年をかなり過ぎた瘦せこけた小柄な女だった。もっとも、〈キャッスル・ヒル・ホテル〉には定年制などなかったのだが。単調な仕事しか知らない人間の多くに見られるように、従業員にとって彼女は恐怖の対象だった。ホテルに新人の女が入ってくるたび、このミセス・ドルーの下で訓練されることになっていた。最初の一週間が過ぎたあと、新人は老いたメイドの超人的なペースに順応するか、辞めるかのどちらかだった。いずれにせよ、経営者の利益は上がる。公正に評価するなら、ミセス・ドルーは自分以上の重労働を誰かにさせることはなかった。ミセス・ドルーの独裁下で苦痛を受けた者は、事実がどんなに無意味なのかには気づかなくても、その点をしぶしぶながら認める羽目になった。過激なほど厳格な聖職者のことを、どの信徒よりも熱心に祈ると言うのに等しかった。体を酷使する重労働をしてきたミセス・ドルーにとって、仕事とは人生を捧げた信仰のようなものなのだ。誠実な長所がここまで熱狂的で大げさなものになったのはどうしてなのか、誰にも推しはかることはできなかった。ましてやウォルターにわかるはずがない。

ウォルターが入り口に姿を現したとたん、ミセス・ドルーはデッキブラシを押しつけてきた。正式には、そんなことをする権利は彼女にはなかった。焼却炉係のウォルターは掃除のような雑用を免除されていたからだ。けれども、従順すぎる彼は抗議などしなかった。

「バスルームの壁がひどく汚れているんだよ」ミセス・ドルーはひねくれた独断的な口調で言った。「汚れの筋はいっさい残さないようにしておくれ」

ウォルターは命じられたことに素直に取りかかった。灰色の石鹸水の入ったバケツにデッキブラシを突っ込み、青緑色のタイルの壁をこすり始めた。普通なら、これはおよそウォルターの知性の上限にある作業だろう。ごみ箱を運ぶ作業が筋肉だけしか使わないのに対して、壁をこする作業、とりわけ非常に汚れた壁をこすることにはある程度の認知力や洞察力を必要とした。例を挙げると、壁は上から下へと注意深くこすらなければならない。さもなければ、すでに掃除した部分に汚れた水が流れてきて、何もかもやり直さなければならなくなる。ウォルターは有能な働き手とは言えなかった。有能さには時間の要素も入っているからだ。けれども、何かの雑用を命じられると、ウォルターはたいていの場合、それが完璧な出来になるように気を遣った。

ミセス・ドルーはそのことを見抜いていた。だから戻ってきたときに、ウォルターが掃除を始めた三十分前と同じ個所をぼんやりとこすっているのを見て、彼女が激怒したのも当然だった。ミセス・ドルーは腹を立てて彼の手からデッキブラシを奪い取った。

「ここから出ていきな」彼女は激しい口調で命じた。「この役立たず。出ていくんだよ」

ウォルターは打ちひしがれた様子で部屋から出ていった。玄関へ向かって廊下を歩いていると、静けさを破ってミセス・ドルーの鋭い声が響いた。

「ウォルター、大変じゃなかったら、四〇七号室へ寄ってごみを引き上げとくれ。けど、無理ならやらなくていいよ」

四〇七号室のドアは開いていた。ウォルターは掃除機をまたいで、段ボールのごみ箱を取りに入った。身をかがめたとき、化粧台にあるものが目に留まった——薔薇を生けた花瓶だった。ウォルターは近寄り、薔薇の派手な美しさに心を奪われた。花びらは血のように赤く、水滴がいくつもついていた。朝露に濡れている間に摘まれたかのように。薄い色の涙目にずるがしこそうな表情が一瞬ひらめいた。彼はごみ箱から新聞を取り出し、花瓶を包んだ。こうして薔薇を廊下に持ち出すと、裏階段を下りて自分の部屋へ向かった。

3

マイラ・フォルジャーは、うとうとしていた。窓から湿気の多い空気が入ってきて部屋を満たし、暑くて窒息しそうな靄《もや》のようにベッドを取り巻いている。彼女は寝るときでも湿ったシーツをきちんと顎の下にたくし込んで、生来の慎み深さを示していた。部屋の中で誰かの動く音が聞こえたように思い、目を開けた。薬で朦朧としていたのに、すぐにはまた眠りに入れなかった。半分目覚めたぼんやりした状態で、マイラは奇妙な妄想を抱いていた。風変わりな天の力が地球を軌道から引き離し、太陽のほうへゆっくりと近づけているのだ。容赦ない暑さを説明できるものはほかになかった。不思議なことに、マイラはそう確信すると慰められる気がした。ふたたび眠りに落ち、夢を見始めた。

マイラは大きな舞台に一人で立っていた。幕が上がると、観客たちが客席から軽く身を乗り出しているのが感じられた。マイラは待っていた。声を高めたら、優しいけれども熱烈な独白が台なしになるからだ。そして、そのときは来た。マイラは台詞を言おうと口を開いたが、突然、目に見えない手が喉に伸びてゆっくりと締めつけ、言葉が出ないように抑えつけた。彼女は抵抗したが、襲撃者は実体を伴っていなかった。すると、攻撃したときと同じくらいあっという間に手の力が緩み、マイラはまた話せるようになった。ただ、スポットライトの当たる位置が変わっていて、彼女は暗闇の中にいた。舞台の向こうにいる若く美しい女性が、マイラの台詞を一本調子の細い声で語りだしていた……。

部屋の中で足音が聞こえ、マイラは驚いて目が覚めた。いきなりベッドに起き上がる。

「何をしているの？」

病人がいる部屋の静寂を破る声にミセス・ペティグリューは仰天し、手にした水差しを危うく落としそうになった。ベッドサイド・テーブルに水差しを置くと、彼女は不安そうな笑みを浮かべてマイラのほうを向いた。

「あなたがご病気だとお医者様からうかがったんです」ミセス・ペティグリューは説明した。「わたしにできることは何かないかと思ったものですから」

「それは何が入っているの？」マイラは詰問した。

「氷水です。飲みますか？」

マイラは枕にまた沈み込んだ。熱が出ているに違いないと思った。べとつく顔を手でこすり、体の状態を示す手がかりを探すように、湿った指先をじっくり見た。

「そうね」ついにマイラは答えた。「一杯いただくわ——冷たいなら」

マイラは水を飲みながら、年下の女性から片時も視線を離さなかった。黒い目は隠しきれない疑念の色を浮かべて、コップの縁越しにミセス・ペティグリューを観察していた。彼女がここにいる動機を探り出そうとしていたのだ。これほど図々しい人間がいるなんて、想像も及ばなかった。マイラは、勝ち誇ったような嘲りの態度を年下の女性が示していないかと探していた。もし、この恥知らずの小柄な売春婦が自分の外見や魅力や活力を見せびらかそうとしてここに来たのなら、大きな間違いだったことを思い知らせてやろうとマイラは決意した。

探るような視線にさらされ、ミセス・ペティグリューはひるんだようだった。マイラはそれに気づいて興味を持った。どうやらこの英国女は不倫をしても、良心の咎《とが》めを感じないほど堕落しているのではないらしい。たぶん、甲斐甲斐しく働いているのは罪滅ぼしのつもりなのだろう。マイラの唇に残忍な笑みが浮かんだ。そういうことなら、この女につけを払わせてやろう。マイラはコップを持った手を伸ばしてテーブルに置こうとしたが、途中で指を滑らせた。コップは床に落ちて粉々になった。

ミセス・ペティグリューはすぐさましゃがみ込むと、震える手でガラスのかけらを拾い始め、マイラは自分には関係ないとばかりに退屈そうな表情で彼女を眺めていた。そしてベッドサイド・テーブルから爪やすりを取り上げた。

「キッチンに塵取があるわ」マイラは無頓着な口調で伝えた。

ミセス・ペティグリューは塵取を持ってきてコップの残骸を片づけると、濡れたテーブルセンターをはずした。尋ねるようにマイラの顔を見る。

「テーブルセンターはそこのいちばん上の引き出しの中よ」マイラは言った。

ミセス・ペティグリューは素直に引き出しを開け、積み重なったリネン類の中を探し始めた。ここに来たことを早くも後悔していた。手伝いを買って出たのは、純粋な思いやりからではないことを心得ていたけれども。本当のところ、怖かったのだ。上の階の部屋に一人きりでいると、何度も奇妙な物音が聞こえたような気がした。外の歩道で足音が聞こえるたび、病的な衝動を抑えきれずに窓辺へ行った。何が見えると想像しているのか、自分でもわからなかった。にもかかわらず、不安だった。いつもは心が落ち着いていたのだから、なおさら説明がつかない。ただ誰かのそばにいたかった。病気なら、ミセス・フォルジャーは一緒にいる相手として理にかなっていた。

引き出しを閉めかけたとき、あるものがミセス・ペティグリューの目に留まった。ハンカチの山に一部が隠れて見えないが、引き出しの隅に「毒物」というラベルの貼られた小瓶があった。こんなところにしまっておくのはおかしい。爪にやすりを掛けるのに専念しているマイラをちらっと盗み見ながら、ミセス・ペティグリューは小瓶を取り上げて手の中で転がしてみた。最近、マイラは近所の者から気が触れたのではないかと言われるような行動をとっていた。つい先週、はさみ研ぎが裏口にやってきて研ぐ刃物がないかと尋ねると、マイラは肉切り包丁を渡した。老いた研ぎ師は裏のポーチに腰を下ろし、三十分ほど楽しげに仕事をした。刃を研ぎすぎて、肉切り包丁は細い短剣さながらになった。研ぎ師は熱心さのあまり、そんな形になるまで刃を研いでしまったのだろうが、だからといってマイラの反応は正当化できるものではなかった。肉切り包丁をひと目見るなり、こんなものを家に置いておけないと大声をあげたのだ。研ぎ師が食い下がると、マイラはドアを勢い良く閉めてしまった。結局、彼はうんざりして肉切り包丁をドアの枠に刺して去っていった。それはその日ずっとそこに刺さったままで、犠牲者を仕留めそこなった短剣のように見えた。近所の者の話では、その夜、ミセス・フォルジャーは肉切り包丁をドアから引き抜いて裏の塀まで急ぎ足で歩き、全力で投げたらしい。この話を眉唾物だと言う者もいたが、数日の間、こんな噂が近隣で持ちきりだった。

ミセス・ペティグリューは自分の前に鏡があることを忘れていた。もう遅すぎたが、すばやくまた引き出しに手を入れた。ミセス・ペティグリューの背中を爪で引っかくかのように、病気のマイラのすすり泣きに近い声が聞こえた。

「何を持っているの？」

ミセス・ペティグリューはいきなり引き出しを閉め、くるりと振り返った。

「何も持っていませんわ、ミセス・フォルジャー。テーブルセンターが見つからないんです」

マイラはまたゆっくりと爪やすりを動かし始めた。不信感のこもった、非常に悪意ある視線を向けられたので、ミセス・ペティグリューは一瞬、余計なことをしているのではないかという疑い以上の感情が込められているのかもと薄気味悪さを覚えた。

「別のコップを持ってきますね」ミセス・ペティグリューはしどろもどろに言った。

彼女が部屋から出ていくと、マイラはどうにか立ち上がった。かがんで引き出しから小瓶を取り出した。それをしっかりと握り締めてベッドに戻る。マイラにしてみれば、自分を憎んでいる者から武器を隠すことは理にかなった自衛手段だった。この毒物は具体的な目的があって取っておいたのではなかった。かなり前に夫が鼠駆除のために買った毒物の瓶を、マイラが捨てられずにいたのだ。何もすることがないとき、彼女はたまにこれを取り出して光にかざしてみた。この瓶の液体には、数滴垂らすだけで命のわずかな力を即座に弱めるほどの威力があると思うと、名状しがたい喜びに満たされた。こんなふうに小瓶を持っていることで、自分自身が力を持っているような気になった。

ミセス・ペティグリューはバスルームでタオルを見つけた。洗面器に冷たい水を満たして寝室へ運んだ。テーブルの上を片づけて洗面器を置く。それからタオルを濡らして絞り、彼女はベッドの上に身をかがめた。

「これで少しはさっぱりするはずですよ」ミセス・ペティグリューは明るい口調で言った。

マイラは嫌悪感を抑えながら、ミセス・ペティグリューが心地良いタオルで顔や首筋を拭ってくれる間、不機嫌に黙っていた。こんな不道徳な女に触れられることを許している自分の弱さが情けなかったが、マイラは人をこき使うことで得られる、重要人物になった感覚を諦められなかった。ここ何年も、こんなふうにマイラの世話をしてくれた人はいなかったのだ。ミセス・ペティグリューがマイラの片腕を持ち上げて手際良くさっと拭いてくれるのを、彼女は皮肉な蔑みのこもった表情で見ていた。

「ずいぶん上手なのね」マイラは言った。「英国では使用人をやっていたの?」

ミセス・ペティグリューの顔は真っ赤になった。「いいえ。戦争のあと、病院でちょっと手伝ったことがあったんです。それだけです」

拭き終わったタオルをミセス・ペティグリューが洗面器ですすいで絞るのを待ってから、マイラは口を開いた。「病院側はやるべきことをきちんと教えていたのね。もっとも、まともな頭の持ち主なら、若い独身の女性に裸の兵士の清拭《せいしき》をさせるなんて想像できないけれど」

ミセス・ペティグリューは体をこわばらせた。「いえ、わたしは兵士とはまったく関わっていません。自宅近くの民間の病院で働いていたんです」

マイラの言葉にミセス・ペティグリューは当惑していた。彼女はばかではなかった。マイラのひと言ひと言ににじみ出る悪意ある棘は感じていたのだ。けれども、自分としてはまったくいわれのない攻撃だったから、マイラのいらだちのこもった言葉を、腹立たしいほどの暑さのせいにするしかなかった。ミセス・ペティグリューは洗面器をキッチンへ運んでいき、空のコップを持って戻ってくると、水差しからまた水を注いだ。

「トランプはなさいますか?」ミセス・ペティグリューは明るい声で尋ねた。「こんな天気を忘れるのに役に立つかもしれません」

マイラはもう何年もトランプをやっていなかった。それどころか、結婚して最初の年に夫からクリベッジのやり方を教わって以来、カードに手を触れていなかったのだ。当時はトランプが天の恵みだったことをマイラは思い出した。一緒に暮らし始めて間もなく、夫もマイラも互いに共通する関心事が一つもないと気づいたからだった。結婚した年は長い夜の間、夫婦は何時間もぶっ通しでクリベッジボードを挟んで座り、礼儀正しい口調で「ゴー」(クリベッジで、どのカードを出しても累計が三十一点を越える場合や、自分の手札がなくなった場合に言う)だの「あなたの得点です」だのと小声で言った。偶然だったが、ゲームを見ていた第三者に指摘されて初めて、夫も妻もともにクリベッジを嫌っていることがわかった。言ってみれば、それが彼らの新婚時代の終わりだった。

なのに今、ミセス・ペティグリューからトランプをやるかと尋ねられるとは! どういうわけか、その提案はマイラのかなり奇妙なユーモアのセンスにぴったり合った。実際、マイラは顔をのけぞらせて笑い声をあげた。

「あらあら、わたしのクリベッジの腕前は世界チャンピオン並みなのよ」

たまたま、このゲームはミセス・ペティグリューにもお馴染みだった。彼女はクローゼットの中の高い棚にあった、古い写真や大学の卒業アルバムや『ロミオとジュリエット』の簡略版の台本だのが入った箱の中からクリベッジボードを見つけ出した。

マイラは最初のゲームを二十四点差で勝ったが、彼女の腕前のおかげというよりはミセス・ペティグリューが下手だったからだ。しぐさはすばやいが、マイラはいかにも退屈そうにプレイしていた。ゲーム用のテーブル代わりにした大学の年鑑の上にトランプを放り出しながら。いっぽうミセス・ペティグリューは見慣れない外国の通貨でも持っているかのように、途方に暮れた表情で熱心に自分の手札をあらためていた。

「今は何時？」マイラはいらいらしたように尋ねた。

ミセス・ペティグリューは腕時計を見た。「十二時半です。お腹がすきましたか？」

「こんな天気なのに？　まさか。空腹になる人などいないでしょうに」

「わたしは空腹です」ミセス・ペティグリューはあっさりと言った。

マイラは軽蔑の念を込めながら、つかの間彼女をじろっと見た。「あなたってこれまで一度も食事を抜いたり、眠らなかったりしたことがなかったのね？」相手が答える前に、やんわりとつけ加える。「わたしはジャックを出したけれど、あなたはどうするの？」

ミセス・ペティグリューは四のカードを置いた。マイラはエースを置いてさりげなく得点を稼いだ。

「本当にお上手なんですね」ミセス・ペティグリューは心からの称賛を込めて言った。

年かさの女は苦々しい笑い声を短くあげた。「そうね、マイラはクリベッジでみんなを負かすのよ。それがマイラのやることなの」

二回目もマイラが勝ち、三回目も同様だった。しばらくの間、小柄な英国女がどうあがいても負けを喫する様子を見ていてマイラはなんとなく楽しかった。けれども、そのうちにばかげたゲームにうんざりしてしまった。取り立てて変化のない生活を送っていることを考えると筋違いだが、マイラはトランプなんか時間の無駄だと思ったのだ。

「もうたくさん」マイラはきっぱりと言い、クリベッジボードを押しやった。「この水は生ぬるいわ。ちょっと氷を入れてくれない？」

ミセス・ペティグリューは製氷皿を持ってきて、中身をすべて水差しに移した。

コップに手を伸ばしたとき、マイラは鏡に映った自分たち二人をちらっと見た。対照的な姿に、マイラは身震いした。みずみずしい若さのミセス・ペティグリューの隣にいる自分は生気のないミイラのようだ。明るい赤味が出ないかと思って痛くなるほど下唇を噛んでみたが、表面から血の気がなくなるだけで、前よりも青ざめてしまった。

「日除けを下ろして」マイラはかすれた声で命じた。

ミセス・ペティグリューは窓枠からわずか数インチのところまで日除けを引き下ろした。だが、陽光がさえぎられても、マイラには少しも有利に働かなかった。それどころか、頬骨の下の陰になったくぼみが余計に目立ってしまった。マイラは枕にもたれ、何かを考えるように無言でミセス・ペティグリューを眺めていた。自分たちの奇妙な関係のせいで、感情を大っぴらに表せないことが苦痛だった。マイラには、この女を憎むたくさんの理由があったのだ。けれども、ミセス・ペティグリューを嫌悪しながらも、強い感情をもたらされた、自分のためにしてもらったあれこれに強く魅せられていた。いきなりマイラは手を伸ばし、ミセス・ペティグリューの髪に触れた。突然のことに驚いて彼女はあとずさったが、マイラが何をしようとしているのかわかると、緊張を解いた。そして冴えなくておとなしい猫のように、マイラにそっと髪を撫でられるままになった。

細い指で栗色の柔らかな髪を梳《す》きながら、マイラはうっすらと笑った。「あなたって美人ね」小声で言う。「教えて。みんながたちまち自分の外見に惹かれると知りながら、通りを歩くのはどんな気持ちなの？」

ミセス・ペティグリューは恥ずかしそうに体を引いた。マイラはさりげない口調で話した。その口調からすると、単なる話題作りのために言ったのかもしれない。だが、椅子を元の位置に戻し、髪を振るミセス・ペティグリューを追う黒い目には皮肉な色が宿っていた。

「わたしは美人ではありません」ミセス・ペティグリューは答えた。「夫もそう言っています」

「あら、でも、ほかの男の人はあなたを美人だと思うに違いないわ」

ミセス・ペティグリューは眉を寄せた。この部屋にいると落ち着かなかった。マイラと一緒にいようと思ってここへ降りてきたのに、今になってみると、悩みを病人の部屋に持ち込むのは間違いだったとわかった。ミセス・ペティグリューは立ち上がった。

「冗談抜きで、ちょっとお昼ごはんを食べなくては。本当に、スープも何も召し上がりたくないのですか？」

相手の返事を待って立っているミセス・ペティグリューの脚に、湿ったレーヨン（化学繊維の一種）のワンピースの生地がまとわりついていた。

マイラはあのときのように窓の前に立つミセス・ペティグリューを心の中で思い浮かべた。暗い部屋を背景に、くっきりと輪郭が表れた引き締まった形のいい体を。あの縁石にもう少し長くとどまらなかったことを後悔して、マイラは胸が痛んだ。見ることは所有することだし、所有することは――そう、所有することは苦しむことなのだ。マイラは突然、この完璧すぎる体に何か残酷なことをしてやりたくなった。知的な命令に従うかのように、マイラの華奢な手が貪欲に伸びた。

次の瞬間、その手は冷たいコップを摑んでいた。

「氷水は体に良くないかもしれませんね」ミセス・ペティグリューは言った。「紅茶でも淹れましょうか」

マイラは間違って摑んだコップを無言で見つめていた。小さな板状の氷が水の上に浮かび、ゆっくり溶けていったかと思うと消え、水と見分けがつかなくなった。マイラはため息をついた。ありふれた物事に常に絶望的な比喩を見つけてしまうのは、自分の詩的な性質のせいだと彼女は信じていた。

「氷がなくなってしまった」マイラは単調な声で言った。「生命のないところにも死があるのは興味深いものね」

「おいしいスープを作らせてください」ミセス・ペティグリューは申し出た。「こんな気候だけれど、何か温かいものを召し上がらないといけません」

マイラは言葉が聞こえたようではなかったが、ミセス・ペティグリューは音をたてずに部屋から出ていった。

ミセス・ペティグリューがトマトスープの入った鍋を持って戻ってくると、マイラは眠っていた。両腕を頭の上に投げ出していたので、泥酔して意識を失ったように見えた。ミセス・ペティグリューはマイラがじきに目を覚ます場合に備えて鍋を置いた。部屋を出ようとしたとき、枕の下から何か固いものがはみ出しているのが目に入った。彼女はかがんでそれを取り上げた。毒物の小瓶だった。

ミセス・ペティグリューは寝ているマイラにまた目をやり、頭を振った。取り乱したマイラの状態を考えると、この小瓶を置いていくのは危険だと告げる声が聞こえた。こういう人間は何をしでかすかわからないからだ。

キャサリン・ペティグリューは部屋に戻って軽い昼食をとった。食べ終わると皿を洗い、それから居間に行った。扇風機の真ん前に腰を下ろし、煙草に火をつける。ミセス・フォルジャーのような女性をどう考えたらいいかわからなかった。英国にいたときは、誰かが病気になると、できることをするのが義務だと言ってもよかった。キャサリンはできるだけの手助けをするつもりで病気の女の部屋に降りていったのに、ミセス・フォルジャーは彼女の存在を不快に思っているようだった。あの医師の言葉はどういう意味だったのだろうか、とキャサリンは思った。マイラの場合、誰もたいしたことはしてやれないと言っていたが。

考えながら、キャサリンの視線はたまたま部屋の隅にある幅の狭い本箱のほうを向いた。彼女は眉を寄せ、顔からは次第に血の気が引いていった。口は開いたものの、恐怖で声が出ない。本箱の上にはこれまで見たことのない花瓶が載っていて、一ダースほどの真っ赤な薔薇が生けてあったのだ。

キャサリンは全身を震わせながら立ち上がった。ゆっくりと花瓶へ近づく。頭では、ミセス・フォルジャーと下の階にいた間に誰かがこの部屋に入ったのだとわかっていた。ドアに鍵はかけなかったし、かけたとしても、五セントもあれば複製できる鍵で開いただろう。だが、慎重に近づくキャサリンは、花瓶が超自然的で邪悪なものだと思っているようだった。彼女はすぐには花瓶に手を触れなかった。それから意を決したかのように、網戸を開けて花も花瓶もすべて窓から投げ捨てた。

キャサリンは電話へ駆け寄った。番号を調べたあとも指が震え、なかなかダイヤルできなかった。やがて声が聞こえてきた。

「こちらは警察です。わたしはペイン巡査部長ですが」

キャサリンは息も絶え絶えだった。出てきた声は震えていた。「お知らせしたいことがあるんです

「……」

「どんなことですか?」

「ある人のことを警察にお知らせしたいんです」

「こちらは警察ですよ」

「そうですね」彼女は間を置いた。「一昨日から、ある男がこのアパートメント付近をうろうろしているんです。それで……」

「失礼ですが、あなたはどなたですか?」

「チャールズ・ペティグリューの家内です」

「住所は?」

「住まいは――」キャサリンはためらった。自分の行動が賢明かどうかと早くも疑い始めていた。「夫に知られないように、この男を逮捕してくれませんか? ひと目見たらすぐにわかるはずです。背が高くて野球帽をかぶっています」

「いいですか、奥さん」警官はいらだった口調で言った。「われわれがその男を逮捕できるかどうかはわかりません。今のところ、奥さんの話しか聞いていませんからな。この件がお宅のご主人とどんな関係があるんですか?」

キャサリンは罠にかかったような気分になり始めた。結局のところ、部屋にいたのは誰なのか、はっきりとはわかっていない。もしかしたら、キャサリンの口から説明する機会がないうちに、この恐ろしい話が新聞に出てしまって夫がそれを読むかもしれない。

またしてもキャサリンの耳に声が聞こえてきた。「ご理解いただけましたか、ミセス・ペティグリユー。ご住所はどちらですか？」

「わたしは——もう結構です」

キャサリンは電話を切って椅子に深々と体を沈めた。全身から力が抜けてしまった。チャールズが早く戻ってきてくれさえしたら！　何があったかをわたしの言葉で説明できるのに。そうしたら夫はわかってくれるだろうし、何もかもうまくいくはずだ。

4

金曜日は朝の英語の講義が終わると、ロイ・オブロンスキーは午後遅くまで授業がなかった。こういう日は、たいてい本屋をぶらついたり、キャンパスの近くにあるどこかのカフェでコーヒーを飲んだりして時間を過ごしていた。こんなふうに彼が目的を持って意図的に時間をつぶす機会はまれだった。コーヒーカップを持って座ると、授業の合間に出入りして声高に議論したり自意識過剰な無頓着さを装ってあたりをすばやく見たりする、自分よりも若い学生たちを眺めて楽しんだ。ロイの状況はこういう学生たちとまるで違っていたが、キャンパスに漂う週末の雰囲気にわずかながらも浸った。だが、今日は多かれ少なかれ、いつもの金曜日と違っていた。午後に試験の結果を知ることになるからだ。昼食後、彼は〈ボイルス・ホール〉へ行った。英文学科と外国語学科が共同で使用している建物だ。ロイはまっすぐウリー教授の研究室へ向かった。

学科の雑用をしているずんぐりした女性が教授の机に向かって腰を下ろしていた。ロイが入ってきたことにすぐには気づかず、黄ばんだ原稿を読みふけっている。最近になって発見された十九世紀の戯曲に登場する人物を数えていたのだが、こういう業務を重要だと称賛する人は少なかった。ややあってから、彼女は心ここにあらずといった表情で目を上げた。

「何でしょうか?」

「ちょっと立ち寄っただけです」ロイはすまなそうな口ぶりで言った。「ウリー先生がもうすぐいらっしゃるかと思って」

「いいえ」彼女は答えた。「今日はいらっしゃいません。アンダーソン先生が代わりに授業をなさいます。ウリー先生はちょっとした事故に遭《あ》われたんです」

「事故?」

「足首をくじいただけです。来週には回復なさって、いらっしゃれるでしょう。そんなに心配なさらないで」

だが、ロイが考えていたのはウリー教授の足首のことではなかった。「それなら今日は、学籍番号四百十三番の試験の成績については発表がないんですね」

「そうね。昨夜、先生は答案を持ち帰られたようです。あら、ところで、あなたの名前は?」

「ロイ・オブロンスキーです」

「ああ、そうだったの。あなたに伝言を預かっていますよ、オブロンスキーさん。今日の午後、自宅に立ち寄ってもらえるといいのだが、とウリー先生はおっしゃっていたの」

ロイは何か間違いがあったに違いないと思いながら、相手を見つめるばかりだった。

女性は何かを紙切れに書いた。「これが先生のご住所です。ここから一マイル(約一・六キロ)ほどね。グレンウッド・バスに乗ってもいいし、そうしたければ、歩いていくこともできます。ウリー先生はいつも歩いていらっしゃいますね。そのせいで足首をくじいたのだとしても、わたしは驚きませんけれど」

ロイは紙切れを手にしたが、このまったく意外な出来事にまだくらくらしていた。「お手数をおかけしてすみません」彼はぎこちなく小声で言ったが、彼女の耳に入った様子はなかった。

ウリー教授の家は街の中心部から一マイルほどのところにあったが、その地区の片側は野原だった。川に沿って南北に伸びるこの街は、こんな特異な緯度にあっても、西方への拡大の圧力に屈してはいなかった。南方面へ数ブロックさらに行くと、街の境界は西方へと急激に大きく広がっていた。新しい地区のしっかりした背骨さながらに、広い通りが橋から西の方角へ突き出している。新興地区は初めのうち恐る恐るといった感じで現れてきたが、その勢いはもはや確固たるものになっていた。今ではグレンウッドのような隔絶された地区はすっかり取り残されていた。だからこそ教授の給料でも、ウリー先生はかなり広い年代物の家を持つことができたのかもしれない。

ロイは呼び鈴を鳴らし、汗で湿った髪を撫でつけた。教授の家に招待されたのは初めてだったし、学科長からのお招きが重要な問題でないはずはなかった。家の中で誰かが動く物音が聞こえた。すぐに若い女性が網戸のところに現れた。

「こんにちは」彼女は感じのいい口調で言った。「もしかして、オブロンスキーさんですか?」

ロイはそうだと答えた。

女性はドアを開けた。ロイは彼女の横を通り過ぎるとき、繊細な香水のかすかな香りに気づいた。彼女が鍵を閉めている間、ロイは片側に寄って待っていた。それから女性はロイを居間に導き入れ、椅子を勧めた。

「わたしはウリーの家内です」彼女はそう言ってピアノのスツールに腰かけ、くるりと回ってロイと向き合った。「ウリーはすぐに参ります」

親しげで音楽的な響きのある声をロイは気に入った。概して彼は女性といると落ち着かないのだが、彼女のくだけた態度のおかげで歓迎されている気がして、ありがたいと感じた。

「ウリー先生は災難に遭われたそうですね」

ミセス・ウリーは微笑した。「ああ、たいしたことないんですよ。もっとも、昨夜あの人がうめき声をあげていたと言っても、信じてもらえないでしょうけれど」

ミセス・ウリーのほほ笑みには自分のかわいらしさを心得ている感じがあったが、無理もないとロイは思った。彼女はとても魅力的な若い女性だったのだ。言い当てるのは難しいが、彼女はロイと同年代に見えた。ブロンドの前髪は額で切りそろえられ、まだ夏の盛りではないのに肌は充分に日焼けしている。彼女は素足を組み、効果もないだろうが、手のひらを扇代わりにして自分を煽いでいた。

「ふう！　この暑さの中をここまでずっと歩いていらしたのでなければいいですけど」

ロイは返事をしようとしたが、グレイの目がまっすぐに自分を観察していることに気づき、思考回路がつながらなくなってしまった。ロイはぎこちなく彼女に煙草を勧め、自分も一本取った。ミセス・ウリーはコーヒーテーブルに載ったライターで火をつけた。淡い緑色のスカートが膝上までずり上がり、ロイは注意深く視線をそらした。彼女はウリー教授の妻として彼が考えていた女性とまるで違った。教授は五十歳近かったし、干からびた学者というにはほど遠いにせよ、美しい女を積極的に好むタイプには見えなかった。ロイは無難で典型的な女性を想像していた。予想していたのは、手首にレースなんかを飾る、痩せて落ち着きのない小柄な女性だった。照明を落とした居間で、妻が声を潜めて恭しく詩人のキーツ（ジョン・キーツ。一七九五～一八二一。イギリスのロマン主義の詩人）について夫に話し、ボウルに盛った白ブドウを分け合っているような夫婦をロイは想像していた。

　視線を元に戻したとき、気恥ずかしくなるほどあけすけな好奇心で彼女がこちらをまだ見ていることに気づいて、ロイはぎょっとした。彼女が夫の意見に基づいて、自分を評価しているに違いないという考えが浮かんだ。もしそうなら、それは好意的な意見だったのだろうか？

　ちょうどそのとき、ウリー教授がドアから顔を覗かせた。「やあ、いらっしゃい、オブロンスキーくん。こちらに来てくれないか？」

　ロイは教授の部屋に入り、ドアを閉めた。書斎として作られた部屋でないことは明らかだった。向こうのスイングドアが家の奥に通じていたからだ。だが、通り道は本箱でふさがれていた。教授は脚を引きずって机に向かいながら、すでに学生のことを忘れてしまったようだった。腰を下ろすと、次々に引き出しを開け、一つずつ覗き込んでいる。四十代後半にしては長身の教授はなかなか引き締まった体つきで、細面の知的な顔をしていた。何か探しものをしている途中で、彼は客のほうを振り返った。

「座りたまえ」教授は机の隣にある椅子を指し示しながら言った。

　ロイは無言で指示に従い、ウリー教授は元の作業を続けた。

「煙草を吸ってもかまいませんか？」ロイは煙草の箱を掲げながら尋ねた。

「ああ、いいとも。吸ってくれ」

　ロイは煙草に火をつけ、窓から外をちらっと見た。ここからは庭が眺められたが、怠惰な教授の性格を考えれば驚くほど手入れされていた。たぶん庭はミセス・ウリーの縄張りなのだろうとロイは判断した。小鳥の水浴び用水盤の端で餌を巡って争う二羽の雀を眺める。水浴び用水盤は、家と並行して二重に巡らされている芍薬《シャクヤク》の間に立っていた。その向こうに芝生があり、遠い端は大通りへと消えている。庭の反対側はずらりと並ぶ樺《カバ》の木で終わっていて、その向こうからすぐに始まる広い野原は、芝生と逆の方向に緑のタペストリーさながらに伸びていた。少なくともロイの目にはそんなふうに見えた。彼はかなりの近眼で、正確に見えるのは樺の木の木立までが限界だった。こういう光景を目にしてロイは少しくつろいだ。ついにもっと幸せな立場へと前進するのではないかという、うれしい予感がした。大学生活に彼が思い描いていた以上のなりゆきだった――担当教授の書斎で午後を過ごし、おそらくは夕食の時間まで滞在して、ローストされたおいしい肉を食べながら現代の小説について論じ合う。これまでのすべてはいわば土台作りだった。確かに骨が折れたが、もうすぐ大学院生になる今、状況は変わるだろう。

どうやらウリー教授は探していたものを見つけたらしかった。くるりと振り返ってロイに向き合ったとき、一枚の紙を手にしていた。

「オブロンスキーくん、これは大学院へのきみの出願書だ。しばらく前に提出したようだね。それ以降、きみの計画は変わっていないのかい？」

「変わるはずありません、先生」ロイは答えた。「だから夏期講習に参加するつもりです。秋には大学院で研究を始めたいと思っています」

「なぜだね？」

ロイは眉を寄せた。実にそっけない質問に面食らっていた。

ウリー教授は出願書を脇に置き、パイプを取り上げた。

「きみは何歳かな、オブロンスキーくん？」

「二十八歳です」

「除隊したあとは何をやっていたのかい――つまり、大学に入ろうと決める前には、ということだが？」

「しばらくは雑貨店で働いていました」

「その仕事はあまり好きじゃなかったようだね」

「まったく好きじゃありませんでした」

　教授は口をつぐみ、パイプから何かを掘り出した。パイプの火皿を手のひらに打ちつけながら言う。「パイプを吸う習慣を身に着けてはだめだぞ。必要以上に手を焼かせるしろものなんだ」彼は口調を変えずにつけ加えた。「きみはどうして英語を教えたいのかな？」

　その質問には説得力のある答えが求められていることをロイは感じ、不満が募った。自分を過大評価しがちなロイだが、こんな不意打ちでは雄弁な答えを思いつけなかったのだ。「わたしが思うにロイはなんだか弁解がましく答えた。「生計を立てるのにとても良い方法だからです」

「いや、まさか。本当のところ、教える仕事よりも不動産業のほうが金を稼げるとは思わないかね？」

　偉大なウリー教授がそんなことを言うなんて、とロイは衝撃を受けた。もちろん、先生は冗談を言っているだけだろう。商業を軽蔑することによって、教授は最高の警句の多くを生み出していたのだ。ロイはその点に賭けることにした。

「金を稼ぐだけでは幸せになれません」ロイは尊大に言った。「人は目標を持たなければならないのです」

ウリー教授は目を閉じた。彼の持論をそんな初歩的な言葉で学生に表現されたのを聞いて、明らかにいらだっていた。教授はパイプを吸うのを諦めて引き出しの中に放った。

「それで、きみが求めている目標とは何かな、オブロンスキーくん？」

ロイは椅子の背にもたれ、考え込むように天井を見た。論理的なことを整理している思索家というよりは、蠅を眺めている少年にしか見えないのが、ロイのせいでないことは間違いなかった。これはいい会話だとロイは思った。「実を言えば、そこへ向かって行動することほど、目標は重要ではないと思っています。とにかく、完璧な幸福というものは誰にも発見できません」

「そう、そのとおり」ウリー教授はいらだたしげに言った。「ありふれた哲学はそんなふうに言っているよ。きみにはほかの理由もあるに違いない」

ロイは考え込んだ様子で顎をかいた。文学への通り一遍の関心を、そうは聞こえないように表現する言葉が見つからなかった。

「この出願書だが」ウリー教授は穏やかな口調で続けた。「すでにかなり多くの学生が出願していることを知らせておいたほうがいいだろう――受け入れ可能な人数よりもはるかに多くの学生だ」

ロイは椅子の中で少し身じろぎした。特別な感情は意識しなかったが、心の中で何らかの警戒信号が発せられ、今にも爆発しそうだとばかりに体がこわばった。

教授は話を続けた。「出願者リストを学部長に提出する前に、ふさわしくない候補者を外す権限は学科長であるわたしに任されている」

言葉を切ったとき、教授の手にある数枚の紙にロイは気づいた――試験の答案だ。

「正直に答えてほしい、オブロンスキーくん。この試験のためにちゃんと準備はしたのか？」

ロイは弱々しくうなずいた。舌が麻痺して、この手ごわい質問に対する返事が出てこなかった。こちらからは逆さまだったが、見間違えようがないほどはっきりした赤いインクで「不可《F》」と書いてあるのがわかった。

「この試験については」ウリー教授は落胆したように頭を振った。「わたしが意図的に低い点をつけたことは認める。英文学を専攻としていない学生なら、『可《D》』の評価を取れたかもしれない。しかし、なんということだ。きみはわたしの質問内容をほとんどわかっていないじゃないか！」彼はロイの答案をほかの答案の上に置き、不必要なほどきっちりと紙を揃えた。「今年はたまたま多くの優秀な学生が大学院への進学を希望しているんだ」

そのあとに沈黙が続き、ロイは万事休すだと悟った。

「きみに遠慮なく言うべきだと思ったんだよ、オブロンスキーくん。これ以上、時間を無駄にしないようにね。きみには大学院での研究は勧められない」

ロイは乾いた唇を舌で湿したが、それ以外、表情に変化はなかった。この状況は夢の中の出来事のようにどこか現実離れしていた。ロイは見ることも聞くこともできたが、頭のどこかでこれが現実のはずはないと疑わしげにささやく声がした。命じられたからといって、呼吸をやめる人などいるはずないだろう？

教授の話は淡々と続いていたが、口調がさっきと変わってきた。同情の響きのこもった、残酷にも屈辱を味わわせるものになってきたのだ。

「今年は競争が非常に厳しかったことがとにかく不運だった。もちろん、わたしがきみたち全員を推鷹できればいいのだが、しかし――」

「わかりました、ウリー先生」ロイはどうにか立ち上がった。それ以上何も言わずにドアから外へ出て、微笑を浮かべようとしているがうまくいかないウリー夫人の脇を通り抜け、玄関から陽光の中へ踏み出した。

ロイは自分のまわりに近づいてくるものにも気づかず、半ば、ぼうっとした状態で歩いていた。まだ茫然としていて、落胆を感じるには至っていなかった。まるで自分が何の罪を犯したのか理解しないうちに捕えられて裁判にかけられ、有罪を宣告された人のようだった。前方の舗道にはちらちらと陽炎《かげろう》が揺らめいている。歩くにつれ、衝撃を受けてゆがんでいた現実がゆっくりと元の場所に戻り始めた。ロイは無人の野原を横切った。向こう側へ着くと、立ち止まって靴の中に入った小石を取り出した。ロイは背の低い木にもたれ、慎重に靴紐を結び直した。腕時計を見た。三時十五分。家まではかなり距離があった。

5

マイラ・フォルジャーは起き上がると、汗に濡れた顔を湿ったシーツの端で拭いた。さっきのは悪夢だったのか、それとも現実だったのか？　きっと夢を見ていたに違いないと思った。けれども確信は持てなかった。部屋も、暑さも、頬に当てた自分の手の感触さえも――何もかもが実体のないもののようだった。ベッドの足元で微笑しながら座るキャサリン・ペティグリューの姿も。彼女は満面の笑みを浮かべながら優しい声でこう言って沈黙を破るのだ。「あなたが死ぬところを眺めに来たの」

この暑さにもかかわらず、マイラは震えた。病が重いに違いない。前よりも二倍もひどい頭痛がしている――そのことだけは疑問の余地なく現実だった。マイラは指を額に押し当ててうめいた。苦しむためだけに生きる人がいるのは本当なのだろうか？　アスピリンの箱に手を伸ばしかけたが、途中で止まってしまった。ベッドサイド・テーブルに置かれた見慣れない鍋を目にし、奇妙な感覚にうなじがぞくぞくした。とすると、ミセス・ペティグリューはまぎれもなくこの部屋に戻ってきたのだ。結局、自分は夢など見ていなかったということはあり得るのだろうか？　あり得るどころの話ではない。突然、マイラは向きを変え、平手で枕を激しく叩いた。しかし、枕を床に払いのけるよりも早く、毒薬の小瓶はもうないのだと何かが告げていた。

マイラは勢い良くベッドから立ち上がると、鍋を引っ摑み、バスルームまで持っていって中身をトイレに捨てた。毅然としてこんな行動をとったあと、哀れな彼女はすっかり正気を失ったようだった。開いた窓を探す小鳥のように部屋の中をいらいらと歩き回った。震える指で三本の煙草に次々と火をつけ、灰皿に置いたとたんに煙草の存在を忘れた。一度など、寝室で鞄に荷物を詰め始めたが、半分も終わらないうちにしていたことを忘れていた。

マイラは居間をうろうろと歩き始めた。レーヨン製の部屋着が痩せた体のまわりで空気をはらんで膨らんだ。慢性的な不満のもととなる日々のいつものいらだちには、なんとか耐えられた。けれども、想像にすぎないかもしれないが、こんなふうに突然の脅威を感じて、マイラは完全に参っていた。かすれた泣き声が喉から出たが、それでも体が落ち着きを取り戻すことはなかった。これまでと同じように彼女の行動は何の目的もない、不安なものだったからだ。ただ、上の階のドアがバタンと閉まった音を聞くなり、マイラの動きはぴたりと止まった。

カーテン越しに覗いていると、キャサリン・ペティグリューが正面玄関の階段を下り、雑貨店のほうへと通りを渡った。自分の姿を見られずに敵のミセス・ペティグリューを観察できるという事実に、少なくとも一時的にマイラは平静になった。マイラはしばらくその場にたたずんでいたが、英国女が店から出てこないので、ふたたび落ち着かなくなった。マイラは通りの向こうの店のドアを一心不乱に眺めていたから、建物の角から現れて、かがんで歩道から何かを拾い上げた長身の人物には気づきもしなかった。

ウォルターは暑さでしおれた薔薇を一本ずつ拾い集めた。そうして不可解そうで悲しげな表情で薔薇をしげしげと見る態度は、夜のうちに死んでしまったお気に入りのペットの死体を、小さな男の子が手にしたときのものと似ていた。薔薇を全部拾い集めると、ウォルターはしばらく立ちすくんでミセス・ペティグリューの家の窓を見上げていた。さすがにウォルターもこれが偶然の出来事でないことぐらいはわかった。彼女が意図的にやったのだ。網戸を開け、わざと薔薇の花束を台なしにした。ウォルターは首を横に振った。この状況がさっぱり理解できなかった。彼は身を翻し、ホテルのほうへとゆっくり歩き始めた。

6

アパートメントに帰りついたロイは、豪雨にでも遭ったような格好になっていた。シャツは汗でびしょ濡れになり、細心の注意を払って結んだネクタイは喉元で緩み、水を吸ってだらりと輪になってぶら下がっている。玄関のドアを閉めたとたん、ホールの向こうでカチリという音が響いたのに気づいた。階段にたどり着かないうちに、マイラ・フォルジャーの家のドアがゆっくり開くのを目の端でとらえた。

ロイは目にしたものに驚愕した。マイラはまともに服を着ていなかったのだ。細く開けたドア越しに顔だけが見えていたが、あまりにもやつれてげっそりしていたから、木の巣箱から悲しげに覗く病気の鳥を連想させた。この沈痛な表情が、いつもの彼女の作り笑いによってさらに不気味なものになっていなかったことにロイは安堵した。

「オブロンスキーさん」マイラは不安そうな小声で言った。「ちょっとお話しできないかしら？　大事なことなんです」

ロイはことさら時間をかけて振り返り、冷静に悪意を込めた目でしばらく彼女をじろじろと見ていた。「フォルジャーさん、今後はぼくに近寄らないでください」

「そんな、オブロンスキーさん、お願い！」

ロイは急いで階段を上がった。マイラが蜘蛛さながらに手を伸ばして自分を捕まえるかもしれないと恐れるかのように。階段の曲がり角で彼はちらっと振り返った。マイラは信じられないとばかりの苦渋に満ちたまなざしで彼を追い、まだそこに立っていた。

部屋に入るとロイは本を集め始めた。もはや彼にとって何の役にも立たないものだからだ。全部集めると、ちょうど二ダースあった。すべて売れば十五ドルか二十ドルにはなるかもしれない。紐はないかと見回したが、見つからなかったので、スーツケースに入れることにした。しかし、どんなふうに詰めても何冊か余るし、しかも大きい本は入らない。汗で湿った両方の手のひらをズボンで拭い、また本を取り出した。だが、ロイは突然手を止めた。自分のばかげた姿を心の目が捉えたのだ。暑くてみじめな部屋でしゃがんでいる姿を――彼、二十八歳のロイ・オブロンスキーは深鍋や平鍋に囲まれた老女のように思い悩んでいた。ロイは立ち上がり、流し台の上の鏡に近づいた。それまで自分の姿に注意を払ったことなどなかったが、今、こちらを見返している顔はひどく弱々しかった。

「おまえにはうんざりだ」ロイは軽蔑を込めて言った。

本の山をまたいで部屋を出ると、音をたててドアを閉めた。

ロイは一人でバーの椅子に腰かけ、手にしたグラスをむっつりと見つめていた。将軍ならば、作戦がうまくいかなかったときには別の方法を用意していなければならない。ロイには代わりの計画などなかった。華々しい成功を収めるはずだったから、完全な失敗に対する心構えはできていなかったのだ。なんて不公平なのだろう。空になったグラスを置き、すぐさま水の入ったコップに手を伸ばした。ロイの人生計画はわりと控えめなものだった。言われたことはやったし、しかもきちんとやってきたのだ。こんなのは公正じゃない。山を動かそうとする人間なら、ある日、血を流して打ちひしがれた姿で山麓から立ち上がらなければならないこともあるだろう。だが、ロイは中西部の小さな大学で、年俸三千五百ドルの英語教師を目指していただけだ。とことん挫折するほどの価値もない、これほどささやかな勝利の代わりになるものなどあるだろうか?

ロイはもう一杯、ウイスキーを注文した。酒が来るなり、ぐいっと飲み干して手の甲で口を拭った。一見すると酒飲みのしぐさだったが、そういう人間ではないとばれてしまう何かがその行動にはあった。やや離れたところから、バーテンダーが興味津々でロイを眺めていた。ロイは空のグラスを突き出し、お代わりをくれという身振りをした。単調な勉学の繰り返しを嫌悪していたのと同じように、明日はどんな結果になるかがロイにはきちんとわかっていた。変化や興奮が多くの人にとって必要なように、ロイにはアルコールが必要だった。今、何ができると言うのか？　公園のベンチで貧しい食事をとってうたた寝するわびしい光景が頭をよぎった。グラスを持っている彼の指に力が入った。

奇妙だが、実際に痛みを感じるよりも先に音が耳に入った。一瞬、ロイは誰かがバーカウンターに何か投げたのかと思った。それから手を見ると、血が流れていた。華奢なグラスを壊してしまったのだ。

バーテンダーはいらだつ交通警官のように好戦的な表情を浮かべて、すばやくこちらへやってきた。今にも飛び越えそうな勢いで、音をたててバーカウンターに両手をつく。しかし、飛び越えたりするのは実にばかげていると悟ったらしく、ひっそりして人気《ひとけ》のない店で筋骨たくましい巨体をただ震わせていた。あらゆるバーテンダーが見せたがる気概と敏捷性を示したかったのだろうが、ふさわしい機会ではなかった。バーテンダーは雑巾を取って、ガラスのかけらをバケツの中へ入念に払い落とし始めた。

「オーケイ、兄《あん》ちゃん」バーテンダーは言い、ぞんざいにドアのほうを顎で指した。「あんたがここで飲むのはもう終わりだ。お涙ちょうだいのことをやりたいなら、よそでやってくれ」

ロイは後悔の表情を浮かべて手の傷口を吸った。この事故はほかの人間にとってだけでなく、彼自身にとっても驚きだったし、かなり苦痛だった。何が起こったのかと軽くいぶかりながらなおも座っていると、奥の部屋へ行っていたバーテンダーが戻ってきた。

ロイを目にしたバーテンダーの顔には募る怒りと、おそらくは先ほど自分が軽業を見せなかったことへの不満の増幅した表情が浮かんだ。

「何を待ってるんだ、あんちゃん？　言ったはずだぞ、出ていけ」

このとき、新たな人物がどこからともなくぬっと現れた。「どうしたの、アル？　その人がガラスで手を切っているのが見えないのかい？」

その女には取り合わず、アルは威嚇するようにロイの真正面に立った。

しかし、口を挟んできた女は無視されまいとした。「何が問題なのさ、大男さん？　あんたの店でグラスを割った客はこの人が初めてだと言うつもり？」

バーテンダーの表情は重々しくなった。どうやら論理の一貫性は彼にとって重要なことらしい。

「こいつはわざとグラスを割ったんだ、マリアン」

「なるほどね、この人はあんたが頭をひっぱたくのが好きなように、グラスをひっぱたくのが好きってことね。さあ、絆創膏でも持ってきて」

これほど辛辣に道理を説かれたため、バーテンダーはふてくされた様子でバーカウンターの後ろへと、のろのろ歩いていった。その間にマリアンはロイの隣の席に腰を下ろした。たぶん四十はゆうに超えていそうだが、理想的な環境ならば三十五歳で通るかもしれなかった。そんな理想の状況はバーの照明によって作られていた。彼女の頬の赤味は化粧によるものではないと信じられそうなほどだった。

「アルのことなんか気にしなくていいのよ」彼女は温かく助言した。「厄介事っていうのが何なのかもわからない愚か者なんだから」

バーテンダーが包帯を持って戻ってくる頃には、出血しているロイの手にもうハンカチが巻かれていた。鏡に映る女をこっそり見ようとしたのだが、彼女はロイを見ていた。女の笑みが大きくなると、ロイは目をそらした。

だが、よそよそしさを装って自衛するロイの態度に少しも気づかないかのように、マリアンは自分のやり方を通し続けた。「あたしは人間の心を読むのがとても上手なのよ。グラスを割る前から、あんたが何かに悩んでることはちゃんとわかってた」マリアンはバーカウンターの向こう端に引っ込んだアルのほうへ見下すように手を振った。「あの人にはバーテンダーとしての才覚なんかないのよ。ラバ並みの思いやりしか持ち合わせていないんだから」

血がハンカチからにじみ出て染みになってきた。ロイはハンカチをさらに一巻きし、血が止まることを願って端をきつく引っ張った。

マリアンは前かがみになり、ロイの肩に軽く触れた。

「今回はお金の問題なの？　それとも単なる女の問題？」

ロイがちらっと見上げると、鏡の中でまたしても彼女と目が合った。そんな月並みなことを見抜いたと思って誇らしげにしている彼女が、ロイには気恥ずかしかった。彼は荒々しく腕を振り払った。バーで一杯おごってもらうために精神的な助言をする女の常連客に出くわしたのは、これが初めてではなかった。彼女たちはほかに何を差し出せただろう？　愛？　もしも与えられる愛を持っていたなら、彼女たちの大半はそもそもこんな店にいなかっただろう、とロイはかなり前から確信していた。彼はハンカチに輪のようににじんだ血を悲しそうに見つめた。自分のささやかな攻撃性の名残りを。バーテンダーがもう飲み物を出す気がないことがわかると、ロイはスツールから降り、おぼつかない足取りで出口へ向かった。

最初の数秒間、ロイは何も見えていなかった。外の日差しは相変わらず目の前が真っ白になるほど強烈だった。だが、たちまちまぶしさが弱まった。影が差したのだ。ロイの前で動いている物体が人の形を成した。その男が新聞を買おうと立ち止まったとき、新聞売りの少年が一ドル一セントだと言った。ロイは十六番街に沿って北のほうへふらふらと歩いていった。自分がどこにいるのかまったく気にしなかった。今や、より上等な地区を出て、彼の住む町はずれへと歩いていた。珍奇な物や軍の払い下げ品、中古家具などを扱う、みすぼらしい小さな店が並んでいる。わざわざ探したわけではなかったが、ロイは入れそうなバーを見つけた。角にある二重扉の店だ――洞窟のような広い入り口のドアをほんの少し開けて中に入った。

空調は効いていなかったが、ロイはかまわなかった。暑さなんてものはどうでもよくなっていた。ウイスキーをダブルで注文し、あっという間に飲み干した。

「火をもって火と戦おうって言うのかい?」

ロイが振り返ると、汚れた麦藁帽をかぶった赤ら顔の太った男がすぐそばにいた。

「何だって?」

「つまり、暑さと戦うにはこれっきゃないってことさ。こんな陽気にしらふでいる奴なんざ、ばか者だ。そうだろ?」

ロイはうなずいて、また前を見た。暑さ、暑さ、暑さ。誰もが暑さのことばかり話していた。暑さは人々の暮らしを支配し、鞭打たれた家畜の群れさながらに彼らを田舎へ追いやったりバーへ向かわせたりする。キャリアも人生も石の壁にぶつかってしまった今、自分にとって暑さなどなんだというのだ？ ロイは鏡に映った自らの姿を険しい顔で見つめた。なぜ、こんなことに？ 不倫を秘密にしておくだけの慎みすらない、あの安っぽい小柄でみだらな女に心を奪われたからだ。彼女がほかの男たちにどんなことをしていたのかは知らないが、ロイにとっては彼の人生を破壊した女だった。バーカウンターのレールに載せた片足が滑り、彼は危うくスツールから落ちそうになったが、どうにか体勢を立て直した。それこそ彼女がやったことだとロイは芝居がかった態度で決めつけた。あの女が自分の人生を狂わせたのだ。

そう考えると、そんな恥辱を静かに耐えて生きることなんてできない、という強い信念がロイの心に湧き上がってきた。何かできることが、やるべきことがあるはずだ。自分はただ笑い者にされる人間ではない――ロイ・オブロンスキーはそんな人間ではないのだ。断固とした決意を固めるために、彼はもう一杯、飲み物を注文した。

7

デイヴィッド・ウィークスには実にうれしい驚きだったが、切手コレクションを売ったところ、三十五ドルが手に入った。本来の価値からすると半分にも満たない金額だったが、予想していた金額のほぼ二倍だ。彼は新たな富を得て高揚した気分でヒューバート伯父を捜しに出かけた。伯父は昨夜、家に帰ってこなかった。暗くなる少し前に、デイヴィッドは公共図書館で伯父を捜した。ヒューバート伯父は気づいていなかったが、かつてデイヴィッドは彼が定期刊行物の閲覧室でうたた寝しているのを見かけたことがあった。そこは流れ者や年金生活者にとって、いわばプライベートクラブに等しいところだった。今日の夕方も、デイヴィッドはそこで伯父を見つけた。ヒューバートは片手で両目を覆い、テーブルの前で体を丸めて座っていた。ヒューバートがうとうとしたり、はっと目を覚ましたり、またうとうとしたりするたびに、シャツの袖口のほつれた糸が指の関節のあたりで揺れていた。

甥が肩に手を触れると、ヒューバートはびくりとして起きた。ぼうっとした顔で振り返る。

「やあ！　元気かね？」

「元気ですよ。でも、伯父さんはあまり調子が良さそうじゃないですね」

この言葉はあまりにも遠まわしな言い方だった。寝不足な上に、不安定で気落ちさせられる状況にあるせいで、ヒューバートは目を真っ赤にしてげっそりしていた。自分の姿を見られたくなくて、彼は昨日、トレントン通りにある甥のアパートメントに戻らなかった。だから秩序も清潔さもプライバシーもない、というより、人間が尊厳を保っているという心地良い幻想を抱くのに必要な快適さが皆無の場所で夜を過ごした。簡易宿泊所に泊まったのだ。ヒューバートは眠れなかった。というか、みじめな気分で不潔なマットレスから起き上がっていた。こんな状況を変えるようなことは何も起こらなかった。

ヒューバートは薄汚れた手で目をこすりながら、生涯にわたる失敗の連続に頑として慣れまいとする人間らしいいらだちの表情を浮かべて、あたりを見た。危険と隣り合わせの人生を選ぶ人々はみなそうだが、彼も楽天家だった。けれども、その楽天主義にはある程度の贅沢という後押しが欠かせなかった。上等の服やよく混ぜ合わされた飲み物、座り心地のいい椅子、まずまずの眺めといったものを与えられれば、ヒューバートの平穏はほとんど揺るがなかった。しかし、眠りこけている六人ほどの路上生活者に向けた視線を自分の皺くちゃの服に戻した彼は、不安になるくらいに今の状況を自覚しそうになっていた。ヒューバートの場合、それは非常に危険な行動だった。幸い、めったに起こらない洞察力の発揮は、自衛本能というもっと強力な本能によって抑えられた。これはツキに見放されただけのことだ。属していた社会に自分が戻るのを、どんな力をもってしても止められないだろう。

定期刊行物の閲覧室で甥と出くわすなんて妙だなと、ヒューバートは思った。

「おまえはここで何をしてるんだ？」ヒューバートは詰問した。

「切手コレクションを売ってきたんですよ」デイヴィッドは答えた。「さあ、食事に行きましょう」

ヒューバートは掛け時計を見た。あと一時間もしないうちにミセス・ペティグリューを訪ねる予定だった。そのことを考えるたび、すきっ腹がチクリと痛んで気分が悪くなった。腹がいっぱいになれば、自信も湧いてくるだろう。

「まずはちゃんと髭を剃らなくちゃな」

「ぼくが行く店ではそんな必要ありませんよ。さあ、行きましょう」

ヒューバートの身なりを考慮し、彼らは地下にあるカフェで食事した。テーブルを照らすのは、ワインの瓶に差した蠟燭だけといった店だった。食事中、話をするのはもっぱらデイヴィッドだったが、たまたまある話題になったとき、無気力だったヒューバートがびくりとした。

「伯父さんはぼくが話した英国女性に会いましたか？」

ステーキを口に運んでいたヒューバートのフォークが宙で止まり、また皿に戻った。「それはどういう意味かね？」彼は詰問した。

「彼女を見ましたかという意味ですが」これ以上わかりやすい言い方はできないとデイヴィッドは思った。伯父は見かけよりも疲れているに違いない。「あの人に会ってないなら、残念ですね。なかなかの美人ですから」

ヒューバートは落ち着いてまた食事に戻った。「いや、ちっとも」彼は冷ややかで独善的な口調で言った。「わたしはもっと大事なことで頭がいっぱいなんだ」

「そうかもしれませんが、ぼくには事情があるんです」デイヴィッドは左右をちらっとうかがって声を潜めた。「いいですか、ヒューバート伯父さん、ほかの人にならこんなことは話しませんが、実を言うと、ぼくはまだ女の人とつき合ったことがないんですよ」

伯父は驚いた様子をかけらも見せずにこの不名誉な告白を受け入れた。

デイヴィッドは顔をしかめた。たった今、自分の心の中をさらけ出したばかりの相手が、さりげない素振りでロールパンに少々バターを塗り、事もなげに口に入れているのを眺めるのはかなりいらだたしかった。同情はしないにしても、せめて興味を引かれたふりぐらいしてくれてもいいじゃないか。「こんな話をぼくが持ち出したのも、つまり」デイヴィッドは力なく付け足した。「ぼくが変化を求めているからですよ」

「そうなのか？」ヒューバート伯父は退屈そうな口ぶりで尋ねた。「で、変化はいつ起きるのかな？」

「今夜です。あのですね、ぼくは昨日、ミセス・ペティグリューと公園で会ったんですよ。ぼくたちは気が合ったといっても大げさじゃないと思います」

ヒューバートは急に関心を示した。身を乗り出すと、髭を剃っていない顔が蠟燭の明かりで下から照らされ、悪党じみた表情になった。「今夜、どうしようというんだ？」

「ああ、ちゃんと決まっているわけじゃありません」デイヴィッドは皮肉な微笑を楽しんでいた。「ちょっと訪ねてみようかと思っているだけです」

年かさの男は心なしか動揺した様子だった。「おまえ、勉学はどうするんだ？　今はそんなことにかまっているときじゃないぞ。それは考えているのか？」

この言葉に若者の気持ちは沈んだ。策略を正直に打ち明ければ、誰かと自分が邪悪な共犯者なのだと少しは感じられたし、平凡な説教など絶対にしそうにない相手が伯父だったのに。ミセス・ペティグリューに話題を戻すためのもっともらしい口実を探そうとしたが、勉学の話を持ち出されると、聖書の文言から引用でもされたように妙に話しにくくなってしまった。

ヒューバート伯父は、デイヴィッドにとってありがたくない話題を引き延ばそうと決めたようだった。「つい先週、おまえが話してくれたんじゃなかったかな？　優秀な成績を取れば、ジャーナリズムの奨学金をもらえるかもしれないって」

「ああ、あれですか！」デイヴィッドは軽蔑を込めて言った。それは慢性的に頭の中で繰り広げられる問題が一時的に収まったときに口にする宣言だった。デイヴィッドは何になりたいのか、一度も決められなかった――世界を修復したり、損害を与えたり、あるいは変えたりするために飛び出していく人間になりたいのか。それとも、エネルギーを無駄にしている人々を見て笑い飛ばす人間になりたいのか。今のところ、そんなことはどうでもよかった。

食事の間じゅう、ヒューバートはデイヴィッドの腕時計を何度もこそこそと盗み見ていた。だが、明かりが足りないせいで、文字盤を読み取ろうとしても無理だった。とうとうヒューバートは今何時かと尋ねた。

「八時十分ですよ」デイヴィッドは腕を蠟燭の炎へ近づけながら答えた。「何か急ぎの用でもあるんですか？」

「実はな、電話をかけなければならないんだよ」ヒューバートはナプキンをテーブルの上に置きながら椅子を後ろに引いたが、きまり悪そうにためらい、立ち上がらずに座ったままだった。「まさか、硬貨の持ち合わせがないとはな。ひょっとして、おまえなら――」

「もちろん持っていますよ」

戻ってきたころ、ヒューバートが甥の教育を案じるという異例の心配は治まっていた。何かもっと差し迫った関心が心を占めているようだった。夕食をともにしている若き甥とは明らかに関係なさそうな何かに。ヒューバートは新聞を持っていたが、両替して小銭を得るためだけに買ったようだった。食事が済んで煙草を吸ってコーヒーを飲んでいたときになって初めて、ヒューバートは新聞を開き、見出しにすばやく目を走らせた。

「国境紛争の新しいニュースでもありますか?」デイヴィッドは尋ねた。

新聞をたたんだヒューバートは憂鬱そうな表情になった。「それが本当に問題かね?」

デイヴィッドは相手の陰気な質問にふさわしい反応をした。悪いことが自分の身に起きそうにないなら、満腹の状態で悲観的な話を受け入れるのはどことなく愉快だった。

「たいした問題じゃありませんよ」デイヴィッドはにこりともせずに言った。「こんな状態が続けば、どうせみんなすぐに死んでしまうでしょうから」

そして、一ダースもの蠟燭の炎が不安そうに揺れながら暗闇に挑んでいる陰鬱な店では、自分の言葉が不吉なほど核心を突いたものに聞こえるとデイヴィッドは思った。

8

蒸し暑いこの街がたちまち真っ暗になることはなかった。トレントン通りの建物の狭い谷間から陽光が消えてしばらく経っても、まわりよりも高いダウンタウンの建物の上部は明るいままだった。だが、そこでさえ、明るさはたそがれ時の柔らかな光に道を譲った。キャサリン・ペティグリューは窓辺に立ちながら、募る不安を抱いて、だんだんと濃さが増す夜の訪れを見守っていた。

電話が鳴った。

相手の声はすぐに聞き分けられた。いらだたしげで有無を言わせない声だった。わたしに会わなければなりませんよ、と彼は言った。三十分後にダウンタウンのドラッグストアで、と。これ以上待つつもりはないと彼は言った。お金などないとキャサリンが説明する暇もなく、彼は電話を切ってしまった。

キャサリンは受話器を置き、腕時計を見た。どうしたらいいのかわからなかった。あの男と会っても得るものは何もないだろう。夫から今朝来た手紙を取り上げ、薄れていく光の中で読み直した。水曜の午後の出来事が夫に知られることを、彼女はもはや恐れていなかった――夫が彼女自身の口から話を聞くのであればかまわない。昨日、あの男が訪ねてきたとき、キャサリンはつかの間取り乱してしまった。あんなことはそれまでなかったからだ。しかし、取り乱すなんてどんなにばかげていたか、今ならわかる。そして、夫の信頼を過小評価したことを少し恥じてもいた。

同時に、キャサリンは問題を未解決のままにしたくもなかった。あれほど薄弱な根拠に基づいて恐喝という犯罪を試みるような切羽詰まった男なら、ほかにも予測のつかないようなことをやるかもしれない。だから、キャサリンはあの男に言ってやるつもりだった。警察に逮捕されたくなければ、二度と顔を見せるな、と。それこそあの男に伝えたいことだ。キャサリンは窓のほうをちらっと見た。急げば、真っ暗になる前にダウンタウンに着けるだろう。

ヒューバート・ウィロビーは袖口から飛び出した糸をそわそわとねじりながら、ドラッグストアの向かいに止まった車の影に立っていた。彼女が誰かと連れだって来るかもしれないのに店の中で待つ危険を冒すほど彼は愚かではなかった。微動だにしない点はさておき、押し合いへし合いする人ごみに彼の姿はまぎれていた。とにかく、この状況のおかげで彼は少しばかり安心感を覚えていた。皺だらけのズボンの下のすり減った靴をじっと見下ろしながら、ヒューバートは絶望したように黙って首を横に振った。彼のような立場にある者にとって、ここは過去の罪について後悔の念を口に出すのにふさわしい場所でも、ふさわしいときでもないのは確かだった。そして例によってヒューバートは何の後悔もしていなかった。彼は心の底から邪悪な人間ではなかったが、残念なことに、最近は絶えずそれを思い起こさなければならなかった。三十や四十だったときはそんなことに悩みもしなかった。生きているだけで充分だった。若い頃のヒューバートはいい暮らしをしていた。昨夜、いびきをかいて寝ている二十人もの浮浪者の間でぱっちりと目を覚ましていたとき、彼はミセス・ペティグリューに対してこんな卑しい仕打ちをする必要に迫られた一連の出来事を、苦々しい気持ちで責めていた。ヒューバートの名誉の感覚はまっとうではないかもしれないが、脅迫が自分の得意分野でないことはわかっていたのだ。残念ながら、ほかに打つ手はなかった。

ヒューバートが気づいたとき、ミセス・ペティグリューはまだ一ブロックほど離れたところにいた。きびきびした足取りで歩いていて、連れはいなかった。曲がり角の近くにあるドラッグストアの窓にはネオンサインが点滅し、腸に関する不吉な助言を発して鈍感な人々を攻撃している。彼女がネオンサインに近づいたとき、ヒューバートは足を踏み出した。通りを渡りながら肺いっぱいに空気を吸い込む。このように状況が変わりつつあるとき、気持ちを落ち着けるのに効果的な方法だった。

「こんばんは、ミセス・ペティグリュー」

ヒューバートはミセス・ペティグリューの肘に軽く触れて向きをそっと変えさせた。「ちょっと歩きませんか?」そう提案した。「わたしは戸外のほうが好きなので」

ミセス・ペティグリューは彼に触れられたとたんに立ち止まり、ためらいを見せた。ヒューバートは不安にさせられるような冷静さで自分が値踏みされていることに気づいた。そうして見られていると、彼女が自分の姿かたちを慎重に記憶しようとしているのではないかという不快な考えが浮かんだ。

「どこへ行くかは問題ではないと思いますが」彼は言った。

「そう、問題じゃありませんわ」彼女は同意した。「だって、わたしたちには話すことなど何もありませんから」

彼女がこう言ったとき、ヒューバートはちくちくと刺すような奇妙な疼《うず》きを首筋に感じた。「いやいや。何もないと言うんですか?」

「あなたに払うお金などありません」ミセス・ペティグリューはそっけなく言った。「あなたが話したい話題などほかにないと思いますけど」

ヒューバートは目をそらした。今や地平線を見分けるには目を凝らさなければならなかった。一日のこの時分、完全な暗闇になる前の最後の今、街はいちばんいい時間だった。日中の雑然とした名残はすべて消え去り、間もなく完全に何も見えなくなる。彼はふたたび深く息を吸い込んだ。ここで冷静さを失ってはならない、と自分に言い聞かせた。

「おやおや、どうやらあまり努力なさらなかったようですな」

「もちろん、努力などしませんでした」彼女は意外なほどきっぱりと答えた。「どうしてそんなことをしなければならないの？　わたしは何も悪いことはしていません」

「世間の人は信じないと思いますよ」

「警察は信じるでしょう。わたしはあなたを知っています。恐喝のかどで刑務所へ行くでしょうね」

顔がぴくぴくし、とっさに彼は頬に片手を当てた。乾いた笑い声を小さくあげたが、もう遅かった。あまり成功した笑いではなかったし、自分でもそれがわかった。その笑いとともに、彼のつかの間の芝居は終わった。ヒューバートの足取りがゆっくりになった。とある小道まで来ると、彼は止まっていたトラックの後ろにまぎれ込み、姿を消した。

9

ヒューバート・ウィロビーはとっさに、危険から逃げなければという本能に従った。だが、暗い小道でとりあえず身の安全を確保すると、頭はふたたび合理的に働き始めた。自分が物事をそのままにしておくつもりがないことはわかっていた。トレントン通りに姿を見せれば間違いなく危険を伴うが、そうしなければ、さらに危険性が増すだろう。「わたしはあなたを知っています」と彼女が言ったのはどういう意味だろう？　単に「あなたのようなタイプの人を知っている」という意味なのか、それとも、自分が甥のアパートから出てくるところを彼女は目撃したのか？

ヒューバートはそれまで何度も失敗を経験していたし、おもしろくはないにせよ、少なくとも表面的には冷静に失敗を受け入れるすべを学んでいた。しかし、今回はとんでもなく悲惨なことになりそうだったし、街から逃げ出すための金もなかった。自分の立場をつらつらと考えるにつれて、彼はますます意気消沈していった。世の中は彼の年齢ぐらいの者に優しくなかった。はっきり言えば、ヒューバートは浮浪者で、他人を恐喝しようとしたのだ。警察から慈悲など期待できるはずがあろうか？警察――その言葉に彼は身震いした。これまでのゆがんだ長い人生で、ヒューバートは一日たりとも刑務所で過ごしたことはなかった。この年齢で刑務所に入ったら、生き延びられないかもしれないとわかっていた。人間がいったん尊厳を失ってしまったら、ほかに何が残るというのだろう？

ヒューバートは急がなかった。彼を引き留めている慎重さは、やり続けなければならないという絶望感と同じくらい強かったからだ。今度ばかりは何をすればいいのか、明快な考えがまったく浮かばなかった。屈辱的ではあるが、彼女の情けにすがったほうがいいかもしれない――自分は心を病んだ年寄りにすぎないのだと。もし、その方法がうまくいかなかったら？――ヒューバートは深く息を吸い、歩調を速めた。まあ、結局のところ、人は自分自身を諦めるわけにはいかないのだ。彼は生き延びるために必要なことは何でもするつもりだった。

トレントン通りにある家の前でヒューバートは立ち止まった。中に入るまでの時間稼ぎの意味もあったが、ポケットからハンカチを取り出すと、汗の浮いた顔を注意深く拭った。ついに階段を上って、通りに面した玄関のドアに着いた。幸い、鍵はかかっていなかった。呼び鈴を鳴らす羽目になっていたら、困っただろう。建物の中に入ると、急いで階段に近づいたが、さほど歩かないうちにそばで部屋のドアが開く音を耳にして足取りを緩めた。ヒューバートは立ち止まり、それまでの人生で見たこともないほど奇妙な人物を目にした。

その日のもっと早い時間にマイラを見た人は誰でも、この彼女の姿を目にして驚愕しただろう。マイラは丈が足首まである黄色のシフォンのドレスを身にまとっていた。若い娘が園遊会や高校の卒業式で着るようなものだ。いつもは後ろに撫でつけていた髪は前に下ろされ、いくつものカールが額にぴたりとくっついていた。これだけではばかげた格好がまだ足りないと言わんばかりに、眉に細いラインが引かれ、青ざめた頰に丸く紅が刷いてあった。

「バス会社から来た方かしら?」

ためらっているうちに、ヒューバートの頭の中で二つの事が形を成し始めた。一つ目は、ミセス・ペティグリューの部屋へ上っていくところを見られてもかまわないということだった。二つ目はもっと物質的なことで、運ぶ荷物に価値がある可能性だ。

「はい、さようで。かばんはもう運んでもかまいませんか?」

「入って」彼女は脇へ寄り、ヒューバートを部屋に入れた。それからドアを閉めてしばらくそこにもたれ、興味深そうに彼を値踏みしていた。

「あら、ずいぶん暑そうね。そこに座って楽にしてらして」彼女は勧めた。「冷たいレモネードを持ってきてあげるわ」

ヒューバートは気が進まないままソファに腰を下ろした。確かに疲れていたが、こんなことはまったく思ってもみなかった。おそらく自分は思い違いをしていたのだろう。

マイラはレモネードのグラスが二つ載ったトレイを持ってキッチンから戻ってきて、コーヒーテーブルに置いた。スカートを撫でつけ、戸惑っている客の横に腰かける。どうやら彼がここにいる理由をすでに忘れたらしい。

「ほら、この頃はめったにお客様が来ないものだから」彼女は秘密を打ち明けるように言った。

ヒューバートは眉を寄せて腕時計を見やった。「本当にわたしはもう——」

「ああ！」マイラはレモネードを飲みながら鼻にしわを寄せた。「ごめんなさいね。今日はメイドが休みだし、わたしはあまり料理が得意じゃないのよ」

「メイド？」ヒューバートは驚きを隠そうともしなかった。

「メイドにかなりの休暇を与えなければならないの。彼女はずいぶん金食い虫なのよ」

ヒューバートはいつものように、さっきよりも注意深くまわりを見ていた。彼の抜け目のない頭にとって、メイドが意味するものはただ一つ――金だ。ここの住まいは優美というにはほど遠い。しかし、貧しいからではなく、倹約の精神からこんな暮らしをしている可能性はある。彼は振り返り、女性が小首をちょっと傾げながらほほ笑みかけていることに気づいた。陽気さを装う態度があまりにも異様で、彼は目をそらしたくなった。

「あら、レモネードを飲んでいらっしゃらないじゃないの」彼女は大声をあげた。「もっと強い飲み物がいいのでしょうね」

ヒューバートが反論する間もなく、彼女はまたしてもキッチンへ慌てて走っていった。ややあって、グラスを一つ持って戻ってきた。

「これがわたしにできる精いっぱいなの。ただの料理用ワインだし、冷たくないけど、何もないよりはましでしょう」

「ありがとうございます。それで結構です」彼はそれまでになく当惑しながら小声で言った。

「さあさあ」彼女は腰を下ろした。「たくさんおしゃべりしましょうね？」

ヒューバートは何を言ったらいいのかわからなかった。この女の振る舞いは外見と同じくらい奇妙だった。「休暇でお出かけになるんですか？」彼は丁寧な口調で訊いた。

「出かける？　ええ、そうよ。そう、夏の間はここを離れるつもりなの。暑さから逃れられたら楽しいでしょうね」彼女はため息をついた。「でも、一人旅はとても孤独よ」

ヒューバートは時間をかけて飲んだ。高まってくる興奮を隠すため、まさしく誰もがとるような行動だった。口を開いたとき、彼の口調は怪しいほど無関心を装っていた。

「遠くへいらっしゃるのですか？」

「ああ、そうね、山へ行くのもいいかもしれないわ。どうするかはわからないわね」華奢な片手がさっと下りて、絹のハンカチを取り出した。彼女はハンカチを額にそっと押し当てた。「一人旅のレディはうんと用心しなければならないのよ」

ヒューバートは唾をのんだ。あまりにもがつがつとこの機会に飛びつくまいとして、必死に自分を抑えていた。「まさしくそうでしょうな」彼は同意し、見られていないときに、急いでネクタイの結び目を直した。髭を剃る必要があることを、うれしくない気分で意識したが、ありがたいことに部屋の明かりは暗かった。「特に、魅力的なご婦人の場合は」

哀れなマイラはこのばかげた言葉にとてもわくわくしてしまい、本当にくすくす笑い始めた。彼女がこんなに地味で幸運だったと、ヒューバートは思った。お世辞をあまり言われずに人生を送ってきた地味な女は、ヒューバートが好んで発する類の褒め言葉に特によく反応した。

「あなたは紳士らしい態度を知らない男どもに、面倒な目に遭わせられるんでしょう」

マイラは小首を傾げ、またしてもいたずらっぽい表情でヒューバートを見たが、なぜか今度は彼もあまり当惑を感じなかった。

「あら、以前ほどではないわね。だってほら、わたしはこの間の誕生日で三十歳になったんですもの」

ヒューバートは重々しい態度に見えることを願ってうなずいた。真実が社交上の策略の妨げになる場合、彼はさほど本当のことにこだわらない人間だった。とはいえ、ほかのことはともかく、芸術的な理由から、もっともらしい話という範囲内で嘘をつくことを好んだ。作り話を自分の言葉でそれらしいものにしなければならない今はなおさらだった。

「個人的な話なんですが」彼は切り出した。「ケープコッドでは、洗練されたご婦人に不快感を与えるようなものを目にしたことはありませんね」

「ケープコッド。ケープコッドね。あのね、わたしはそこへ一度も行ったことがありませんの」

「本当ですか？　あそこのような場所はほかにないですよ。昼間は静かで、夜は涼しいし」見たことがある何枚もの写真を思い出しながら、ヒューバートは調子に乗って話した。「岬に沿って海辺をぶらぶらして、足元で渦を巻く海を眺めることほど安らぎを覚えるものはないですな。上空では鷗《かもめ》たちが灯台のまわりを舞っているんですよ」マイラが目を閉じていることに彼は気づいた。退屈したのだろうか？

不意に彼女は目を開けた。「話を続けて」そう命じた。「あなたのおかげでわたしの気が変わるかもしれないわ。宿泊の手筈を整えるのがあまり面倒でなければいいけど」

ヒューバートは礼儀にかなう間だけ口をつぐみ、人差し指でグラスを軽く叩いていた。「幸いにも」ようやく切り出した。「それはさほどたいした問題ではありませんよ。実を言うと、わたしもそこでの休暇の計画を立てているんです。もし、それで奥様が楽になるようでしたら、わたしが喜んで手筈を整えますよ――そのほうがよければ、夏じゅうの計画を」それから彼は、あとから思いついたどうでもいいことのようにつけ加えた。「もちろん、代金は前払いですが」

「あら、そうなの？　そうしてくださるの？」こんな予想外に親切な態度を示されて、マイラは文字どおり喜びに震えた。「なんてご親切なんでしょう」

ヒューバートは狼狽して彼女を眺めていた。つかの間、この痩せこけた女が感謝のあまり泣きだすのではないかと思った。

だが、彼女の不安定な性質は別の方向に働いた。マイラはかすかにほほ笑みながらふたたび目を閉じ、まるで催眠状態に入ったようになった。「海のそばの一軒家ね。もちろん、そうよ。それを思いつくべきだったわ。朝、目を覚まして岸辺に打ち寄せる波の音を聞くのはどんなにすてきでしょう。それだったら、早起きしてもかまわないわ。そして、ときどきはボートを借りて沖のほうまで出るの。そうできるでしょう？」

「ええ、できますよ」ヒューバートは答えた。ここ数日、徹底的に打ちのめされていた自信が温かな感じでまた戻ってきた。なんだかんだ言っても、自分はいつもなんとか窮地を脱してきたではないか？　彼は身を乗り出し、マイラの手を取った。その手が骨ばっているばかりか冷たいことに気づいてぞっとした。「奥様はあまり健康ではないようにお見受けしますね。何よりもご自分の健康に留意しなくては」

ややあってからマイラは手を引っ込め、額に押し当てた。「ええ、あまり具合が良くないの。お気づきになったのね？　ときどき、まるで——まるで体から自分がすっかり引っ張り出されたようになるの。それに、この頭痛ときたら！　わたしには手厚い世話が必要なのよ。今となっては、残っているお友達はあなただけね」

あまりにも哀調を帯びた彼女の口調にヒューバートはだんだん落ち着かなくなってきた。この女は彼女が返そうと思う以上のものを要求しているぞ、と彼の直感は警告していた。ヒューバートは安心させるようなことを言おうとしたが、彼女は聞いてすらいなかった。表情がかすかに曇る。目は開いていたが、彼女はぼんやりして、一時的に心がどこかに行ってしまったような奇妙な感じをヒューバートは受けた。マイラの声はこだまのような響きだった。

「世の中には大勢の悪い人間が野放しになっていますからな」

ヒューバートは何度か意図的に咳払いした。ようやくマイラがこちらにまた注意を向けたとき、彼は旅の詳細を話すことで彼女の不安定な集中力を保とうとした。

「さて、手配についてですが。さっきも言ったように、代金は前払いです。メイドを連れていくおつもりはないのでしょう?」

「メイド?」彼女は不思議そうな表情をした。「わたしにはメイドなどおりません」

ヒューバートは片手をびくっと痙攣させた。わかっているべきだった。この女は自分をずっとからかっていたのだ。声に出さずに〝詐欺師〟という言葉を言いながら、憤然として席を立たずにいるのには苦労した。流行遅れの服装だと思った女は、ただ古くさい服を着ただけの女だった。ひどい話だ。だが、彼の憤懣はたちまち冷たい絶望に変わった。ヒューバートはがっかりして、急にさっきよりも老けて見えた。彼はワイングラスを取り上げ、しばらくむっつりと眺めたあと、つぶやいた。「こいつはおれがずっと嫌悪してきたものを要約している——安いグラスから安いワインを飲むことだよ」

彼は相手を傷つけるつもりで口走ったわけではなかった。自分の人生の原則を要約して言ったのだ。

まだゲームが続いていると思っていたマイラは気のきいた提案をするつもりでこう言った。

「もしかしたら、ビールのほうがお好きだったかしら?」

ヒューバートは怒りを込めた目で彼女を見やった。ひそかに自分がからかわれているのではないかと思ったのだ。これまでヒューバートはつらい状況にあったときでさえ、基本的に良いマナーを見失ったことはなかった。だが、このたびは失望が大きすぎて感情を抑えるのは無理だった。ヒューバートは立ち上がり、荒々しいまなざしで彼女をにらんだ。

「いったい、おれをどれほどのばか者だと思ってるんだ? このノイローゼばばあ」

マイラは小さく叫び声をあげ、片手をさっと口に当てた。彼女は何か話すつもりだったのだろうが、ヒューバートはすでに足早にドアに向かっていた。彼はドアを開け、振り返りもせずに出ていった。

ヒューバートはミセス・ペティグリューの家のドアを三度ノックしたが、返事はなかった。心が沈んだ。彼女はもう警察へ行ったのだろうか? 自分がこんなまずい失敗をしたなんて信じられなかったが、階下であれほどばかげた茶番劇を演じたあとでは、どんなことでも起こり得た。もしかしたら、ノックの音が小さかったのかもしれない。手を伸ばして、さっきよりも強く叩いた。相変わらず、人の気配はなかった。彼は顔をしかめながら回れ右をして、ゆっくりと階段を下りていった。

10

キャサリン・ペティグリューはダウンタウンにあるカフェのカウンターに腰かけ、急ぐ様子もなくコーヒーをすすっていた。ここを慌てて出るつもりはなかった。トレントン通りまでは暗い中を十ブロック歩かなければ戻れないし、これまでのところ、電話をかけてもタクシーが呼べない。少なくとも、ここなら安全だと感じられた。あの男の前では無理やり冷静さを装っていたが、彼が立ち去ったとたん、それは崩れ始めた。少し腹ごしらえでもしたら、元気が出るかもしれないと思ったのだ。だが、いつまでもこの店にいるわけにはいかないだろう。勘定を払ったあと、キャサリンはもう一度タクシーを呼ぼうとしたが、金曜の夜、この時間に捕まえられる当てはなかった。唯一のチャンスは通りでタクシーを呼び止めることだ。

一台のタクシーが南方面から走ってきた。キャサリンは縁石に近づいて片手を上げたが、車はすばやく通り過ぎてしまった。何時間待ってもタクシーは捕まらないかもしれない。彼女はゆっくりと歩き始めたが、すぐにタクシーを呼び止められるかもしれないという希望はまだ持っていた。二ブロック目の終わりまで来ると、理不尽と言っていいほど突然に、まともなビジネス街が終わった。昼間はまさしく品のない界隈らしく、〈エンバシー・カクテル・ラウンジ〉で腰を下ろしている婦人たちが通りの向こうを見れば、ビリヤード場の前でぶらつく、髭も剃っていない流れ者たちを目にするようなところだ。ヒューズ通りを歩く、まずまずの顔立ちで見事な脚をしている女性は身の安全に自分で責任を持たねばならなかった。実際に性的な被害に遭う危険はないにせよ、このあたりで耳に入るからかいの言葉は、ここの環境の一部と考えられていた。興味深いのは、ウエストエンドから来る旅行経験の豊富な若い女性、パリのもっと薄汚い地区を文化面での向上とばかりに自信を持ってうろついてきた女性たちが、ヒューズ通りをあえて歩こうとはしないことだった。だが、当然ながら、この付近ではフランス語で声をかけられるわけではない。

キャサリンは急ごうとはしなかった。さしあたり、何も恐れるものはないとわかっていたからだ。

ただ、この先の長くて暗い数ブロックのことを考えると、漠然とした不吉な予感をかきたてられた。安手のバーや骨董品店、薄汚れたスツールが六脚並んだカフェといった店があるこの地区は、まともなオフィス街と、川のほうへ六ブロックか七ブロックにわたって延びる、倉庫が立ち並ぶ地帯との、ちょっとした緩衝地域にすぎなかった。あまり目が肥えていない人たちにとって、ヒューズ通りに並ぶ夜の遊び場は、ダウンタウンにある派手なナイトクラブに似た娯楽をさほど高くない値段で提供してくれるところだった。雰囲気はダウンタウンの店ほど洗練されていないが、出される酒は同じだ。〈ホワイトストーン〉で一本のビールに五十セント払った紳士は、通りを三ブロック行った先で同じ銘柄のビールを二十五セントで手に入れた男を、かすんだ目で茫然と見つめることになるだろう。キャサリンはどうかと言えば——明るくけばけばしい照明や、バーから聞こえてくる騒々しい音楽にほっとするような親しみを感じていた。騒音はやかましくて陽気だった。店の中では人々が羽目を外して笑い声をあげている。けれども、彼女はブロックの外れまで来ると、川のほうへ曲がっている通りの先の暗闇がさらに濃くなっていることに気づいた。キャサリンは旧作を上映している小さな映画館の玄関ひさしの下で立ち止まり、貼られたポスターを眺めるふりをした。バール通りを通って家までの長い道のりを歩くなら、まだそんなに遅い時間ではなかったが、そちらを進んでもあまり変わりはなさそうだった。それに、ここ二日間の神経をすり減らす不安だけでなく、暑さのせいで彼女にはほとんど気力が残っていなかった。

映画館のドアが開き、血色の悪い顔をした痩せた女が二人の兵士に挟まれて出てきた。彼女が立ち止まると、兵士の一人が煙草に火をつけてやった。もう一人の兵士はあからさまに興味津々で値踏みするようにキャサリンを見た。

キャサリンは彼の視線を避けたが、それだけでは充分でなかった。彼がこっそり相棒の兵士を肘でつつく姿がガラスに映り、キャサリンの目に入った。兵士は帽子をまっすぐにして前に進み出た。不自然なほど肩をいからせているのは制服姿の男性にありがちだが、奇妙なことに、そんなしぐさは制服を着用しているという誇りと無関係な場合がほとんどだ。

「そいつはぼくのお気に入りの俳優なんだ」彼はジョン・ウエインの写真を指さしながら言った。

キャサリンは、兵士がガラスに映った彼女の視線を抜け目なくとらえようとしているとわかったが、気づいたそぶりさえも見せなかった。

巧妙に立ち回る手口が通用しないと、その兵士にもはっきりしたに違いない。キャサリンが歩き始めると、彼は大胆にも彼女の腕に触れた。

「そんなに慌てなくてもいいだろう?」

キャサリンは相変わらずひと言も話さなかった。だが、二歩も歩くと、兵士はふたたび彼女の横に並んでいた。

「たぶん、ぼくたちは同じ方角へ行くんじゃないかな」兵士はほのめかした。

「そうは思いません」キャサリンは冷たく言った。

彼は大げさなほど何気ないふりを装って肩をすくめた。「ここは公共の道だよ」

キャサリンは一瞬だけ興味を込めて兵士を見やった。長身で素朴な感じで、とても若かった——あまりにも平凡な外見だったので、押しつけがましい態度が滑稽なほどだった。つかの間、キャサリンは家まで兵士に護衛してもらうという考えをもてあそんだ。アパートメントに着けば、彼を簡単に追い払えるだろう。それは間違いない。けれども、彼女にはそんな恥知らずな振る舞いができなかった。

曲がり角まで来ると、キャサリンは立ち止まった。まだ玄関ひさしの下に立っているもう一人の兵士と連れの女性のほうを顎で指した。

「お友だちのもとへ戻ったほうがいいわよ、坊や。時間の無駄だわ」

最後通牒を突きつけるように冷ややかな彼女の言葉に兵士はたじろいだ。挑戦的ににやりと笑ったが、ひどく見え透いていて、キャサリンは彼が気の毒になった。腹を立てているわけではないと告げてやりたかった。だが、彼はやや肩をいからせて、すでに歩き去っていた——運命の逆転を冷静に処理する職業軍人らしい態度で。キャサリンは沈んだ気持ちでその後ろ姿を見送っていた。彼女はふたたび一人きりになった。

通りを渡ると、キャサリンはさっきよりも速足で歩きだした。この時間、倉庫が並ぶあたりは街でもっとも人がいない場所だった。煉瓦で舗装した道は街の歴史と同じくらい古いものだ。車に乗る人たちは仕事の用がない限り、ここに近寄らない。夜になると、似たような低い建物が静かに並ぶこの界隈は、打ち捨てられた軍の野営地さながらに寂れた様相を呈した。歩道がなくて荷物の積み下ろし用の傾斜路しかなかったので、キャサリンは通りの真ん中を歩かざるを得なかった。一歩進むごとに、より濃くなっていく影が自分のまわりに集まってくるように思われた。キャサリンはもっと速く歩こうとしたが、たちまち息切れして立ち止まる羽目になった。彼女は顔の汗を拭った。暑さは重みを持った、自然に反するもののように思われた。この暗闇には所属しないかのように。ヒューズ通りのお祭り騒ぎの音が次第にかすかになっていき、とうとう抑えた一つの音にしか聞こえなくなった。遠くのどこかでクラクションが二度鳴った。それからはキャサリン自身の足音しか聞こえなかった。キャサリンは誰もいない狭い通りにうつろに反響するその音を聞いていたが、さらに注意深く耳を澄ました。

静寂しかないはずなのに奇妙にくぐもった、場違いの、何かを叩くような音が入り込んできた。キャサリンはこの新しい音の意味をすぐには理解できなかったが、それがわかったとき、突然の恐怖で凍りつきそうになった。くるりと振り返ったとたん、すばやく傾斜路に体を押しつけて隠れた人の姿が目に入った。キャサリンは体をこわばらせた。何者が隠れているのであれ、彼女はその単調な影を全力で追いやろうとしたが、相手は諦めなかった。つかの間、キャサリンは気を失いそうになったが、遠く離れたところから見ているように、自分の脚がふたたび動きだしたことを意識した。今やトレントン通りまでわずか四ブロックのところに来ていた。キャサリンの足取りがいっそう速くなると、つけてくる誰かの足取りも速くなった。彼女は駆けだしたかったが、そうすべきではないと告げる声がした。傾斜路沿いに積まれている段ボール箱の山から、傷みかけているメロンの甘ったるい腐敗臭がする。

突然、キャサリンはブロックの外れでひと筋の弱い光が道を横切ったのを目にした。その光が強まり、車の低いエンジン音が聞こえた。今度はキャサリンも走りだした。あの車が通り過ぎる前に曲がり角までたどりつければ。息が切れてきて、必死にあえぐ彼女の肺は焼けそうだった。久しぶりに、ロンドンでのあの夜、安全なところへ行くまで必死に逃げていた子ども時代の恐怖をまざまざと思い出した。車のライトはいっそう明るくなってきた。もう少し速く足を動かせたなら。もう少しだけ速く……。

車は轟音をたてて交差点に入っていき、暗い通りにヘッドライトの光が広がった。キャサリンはまだ十ヤード（約九メートル）ほど離れたところにいた。ヘッドライトの明かりがどっとキャサリンに降り注ぎ、ほんの一瞬、彼女が伸ばした片手を照らしたが、車は行ってしまった。キャサリンはさらに四歩か五歩ふらふらと進み、倒れた。膝を地面に打ちつけてしまい、小さく悲鳴をあげた。もう遅すぎるとわかってはいたのだが。

キャサリンの肩に誰かの手が触れた。見上げると、二人の人間が立っていた。一人はどこかの制服を着た男だった。彼の横にいたのはやはり制服姿の女だった。そのときキャサリンは通りの向こうの窓にぼんやりと照らし出された看板の文字を読んだ。

救世軍。

「お怪我はありませんか?」男が尋ねた。

キャサリンは彼に手を貸してもらって立ち上がりながら、どうにか呼吸を整えた。「たいしたことはありません。ありがとうございます。ちょっと足首をひねってしまいましたが」

「お住まいはここから遠いのですか?」

「たった三ブロックほど先です。お願いしたら厚かましすぎるでしょうか、もし――」

「いや、そんなことはないですよ。こちらのご婦人の腕を取ってあげてくれ、ミス・バラット」

11

午後九時だった。太陽は一時間近く前に沈んだが、気温は午後の最高時よりもほんの数度下がっただけだ。この頃になると、無秩序に広がった大都市には何かに占領された街という雰囲気がなんとなく漂っていた。逃げ場はまったくなかったから、人々は侵略者が立ち去るのを待つしかなかった。そんなわけで人々は待っていた。ある者は平然として、ある者はいらだちを浮かべた粗野な表情で。この百平方マイルあまりの地のどこかで、今夜が誰かにとって恐怖と暴力と殺人の結果に終わるという予兆は本当に現れていたのだろうか？

〈キャッスル・ヒル・ホテル〉では、籐椅子に座って自分を手で煽いでいたポーターをフロント係が呼んだ。

「ウォルターにここへ来てくれと伝えてくれないか？　三階の廊下にごみが散らかっていて、すぐに片づけなければならないんだ」

ポーターは立ち去ったが、数分後に一人で戻ってきた。

「あいつの姿がありません。地下室にはいませんでした」

「厨房は覗いたのか？」

「そこにもいませんでした」

フロント係は眉を寄せた。「おかしいな。夜にうろつき回るなんてウォルターらしくない。奴がいそうなところを思いつかないか？」

ポーターは首を横に振った。「ウォルターはたいてい九時には寝ます。暑いから、どこかへ行ったんじゃないですか」

「うーん、気に入らないな。夜のこんな時間に一人で外出するとは。奴は面倒なことに巻き込まれそうだからな」

〈キャッスル・ヒル・ホテル〉から数ブロック離れたところで、ロイ・オブロンスキーが握り拳の上に顎を載せてバーカウンターにぐったりともたれていた。目の前の空間を見てはいたが、彼の目には何も映っていないようだった。自分が物笑いの種になっていることに気づいていなかったに違いない。ロイは空想上の何人かの敵と議論しているらしかった。議論は散発的に起こるのだが、かなり殺伐とした状況だった。人々はお互いに肘でつつき合い、笑った。テレビで見るレスリングの試合よりもはるかにおもしろいし、間違いなく真に迫ったものだった。

ロイの近くで一人の女がくすくす笑った。ロイははっとして頭を上げ、誰が笑ったのかと、どんよりしたまなざしで探した。笑いの出どころを突き止められなかったので、彼はぶつぶつと一人きりの議論に戻った。ごく近くにいる者ですら、議論の内容はほとんどわからなかった。だが、いくつかの言葉が何度も何度も彼の口から飛び出した。

「死んじまえ」彼はつぶやいた。それから「安っぽい娼婦め」「生きている権利はない」と続けた。見ていた客たちはみな笑ったが、細面の顔に小さな口髭をはやした、重々しい表情の男だけは別だった。彼は感情をさらけ出しているこの酔っ払いを、いっそう思慮深げな顔で眺めていた。

ややあってから、ロイは体を揺らしながらバーカウンターから離れた。出口に向かいかけると、誰かがからかうように声をかけたが、彼は振り返らなかった。見かけから考えると、意外なほどロイの足取りはしっかりしていた。外に出ると、ロイはためらわなかった。左に曲がった。川のほうへ、トレントン通りのほうへと。

細面の男は見るからに心配そうな表情で、バーテンダーを手招きした。

「なあ、さっきの男はどこかおかしかったんじゃないか」

「酔っ払ってたんですよ」バーテンダーはあっさりと説明した。

「だが、それだけじゃあるまい。険悪な感じだった。あいつは厄介事を起こしそうだ」

「あの男が？」

「冗談で言ってるんじゃないよ。警察に通報すべきじゃないかな」

バーテンダーはその言葉を一蹴した。「いいですか、あんな輩は毎日のように見ていますよ。おそらく上司とやり合ったんでしょう。家に帰って、二、三回おふくろさんを蹴飛ばせば、明日、目が覚めたときには子猫みたいにおとなしくなっていますよ。間違いありません」

男は迷っているようだった。「たぶん、あんたの言うとおりなんだろう」

「そうですとも。確かです。さっきから言うように、わたしと同じくらいああいう男たちを見てきたら、あなただってあんなこと気にもしなくなるでしょう」

12

金曜の夜も更けた今、キャサリン・ペティグリューは一人きりだった。ブラインドを引き下ろすべきだが、耐えられないほど暑かった。息を吸うたびに、自分の肺から出た、湿って使い古された空気を吸い込んでいる気がした。鍵をかけたドアの内側にいるから安全なはずなのに、何かが起ころうとしていると思わずにはいられなかった。この虫の知らせは具体的な形をとってはいなかったが、心がむしばまれるように不安でいっぱいになり、かすかな音がしただけでキャサリンは体をこわばらせた。そんな心理状態だったから、手紙を書くのは難しい作業だった。探している言葉がすぐには出てこない。彼女は何度か便箋を破り、新たに書き始めた。指の震えを抑えられなかったので、乱れた筆跡はキャサリンがいつも書くものとは似ても似つかなかった。

そのとき、キャサリンはもっと前にやるつもりだったことを思い出した。ヒステリックに薔薇を投げ捨てたとき、網戸を施錠していた錆びた掛け金を壊してしまったのだ。この不運のせいで身の安全が損なわれるわけではない。外壁のでっぱりには、背が高い男だって手が届かなかったからだ。とはいえ、クローゼットから金槌を見つけ出し、網戸の枠に長い釘を打ちつけた。キャサリンは満足し、机に戻った。

自分が何を恐れているのかも、その理由もわからないせいで、危険なことがますます起こりそうに思われてくる。キャサリンはこんなことをぐずぐずと考えながら、身の毛がよだつ運命が待ち受けていると確信していたのに何も起こらなかったときをあれこれと思い出して、慰めを得ようとした。だが、こんな回想をしていたため、はるか昔の子ども時代のことが蘇った。揺れ動いているどの影にも、おとぎ話に登場する怪物たちがやってくるという恐怖を覚えていた頃に。そんなふうには考えない人もいるだろうが、奇妙なことに、キャサリンはかつて架空の鬼を恐れて気分が悪くなったことを思い起こして、いっそう動揺してしまった。

キャサリンは汗の浮いた額を、優美にはほど遠いしぐさで腕で拭った。さらにほかの物語も思い出していた——ジャングルで暑さのために気が狂ってしまった男の話。発狂するのはいつも男だった。彼の妻は涼しいベランダで腰を下ろし、ヤシの葉を扇代わりにして自分を煽いでいた。そして夫が痙攣して死んでしまうと、彼女は恋人と手を携えてイングランドへ戻ったのだ。公園で見かけたあの男はどうしただろうか？　あの日、通りから自分を眺めていた男は？　あれは正気を失った人間に違いない。暗闇であとをつけてきたのはあの男だったのだろうか？　キャサリンは警察に電話しようかとまた考えた。けれども、そんな男がいたことを誓ってくれと言われたら、本当にそういう人間がいたと肯定できないのはわかっていた。

ペン先は乾いてしまった。キャサリンはペンを振り、吸取紙の裏に試し書きしてから手紙の続きに戻った。自分以外の何かに熱中すること――たいていの場合、それは不安を払拭するのにいい方法だった。唯一の問題は、今回の場合、手紙の内容がまさに彼女の恐怖の源を取り上げていることだ。にもかかわらず、キャサリンは書こうとした。すると、キッチンの蛇口から規則的に水の滴る音が静寂を邪魔し始めた。蛇口からの水漏れが気になったことなどこれまで一度もなかった。今やキャサリンは何かに憑りつかれたように耳を傾けていた。水の滴る音は、決められていた予兆に向かって規則正しく行進していく、すばやい足音みたいに聞こえるんじゃない？

キャサリンはペンを放り出し、両手で顔を覆った。「ああ、チャールズ、チャールズ」彼女はうめいた。「いつ帰ってくるの？」

その瞬間だった。部屋の中にいるのが自分だけではないと、小柄なキャサリンが気づいたのは。最初にその物音が聞こえたときは、微風がカーテンを揺らしている音だと思った。彼女はゆっくりと顔から両手を離した。だが、風など吹いていない。空気はそよとも動いていなかった。キャサリンは耳を澄ましながら、あの音がもう聞こえなければいいのに、と絶望的な気持ちで願っていた。すると、また同じ音がした。弱まったり強まったりしながら――すぐそばにいる何者かのかすれて不規則な息遣い。それが誰にせよ、手を伸ばしてキャサリンの喉を捕えられそうなほど近くから聞こえた。

ぞっとした一瞬、想像力が過剰になりすぎたキャサリンは、自分が実際に男に捕えられたと思い込んでしまった。相手の手から逃れるかのようにもがき、頭を前に突き出し、両足をばたつかせた。だが、あたりを見ると、誰もいなかった。それでも男がいるような音が聞こえた。となると、いるのはキッチンしかあり得ない。寝室は遠すぎるからだ。そのとき、間違いなく誰かが自分を殺そうとしているのだという衝撃的な考えが頭に浮かんだ。

おそらく先ほどの出来事で苦痛を感じたり、子ども時代の恐怖を思い出したりしたのは幸運だったのかもしれない。こうして新たな恐怖を覚えたとき、すでに彼女は恐怖の限界を超えていたからだ。キャサリンは押し寄せるパニックを抑えることができた。少なくとも、自分で体をコントロールできるほどには。ドアまでたどり着けたら、逃げるチャンスはあるだろう。だが、さりげなく動かなければ。ラジオのスイッチを入れるだけ、といった感じで。見つかったことに彼が気づいていない可能性はあるだろうか？　気づかれていないという点だけがキャサリンの助けとなるだろう。ただ、こんなに心臓が激しくどきどきしていたら、自分の企みがばれるのではないかとキャサリンは思った。

ドアに近づくと、物音はいっそう大きくなった。もう少しでドアノブに手が触れそうになったとき、キャサリンは音がどこから聞こえたのかわかった。彼は鍵のかかったドアの向こうに立っていたのだ。たちまちキャサリンは電話まで走っていって受話器を取り上げたが、もっといい考えが浮かんだ。

「どなたですか？」キャサリンは問いただした。「そこにいるのは誰？」

「わたしよ」

キャサリンは受話器を置き、安堵のあまり脚から力が抜けた。本当に良かった。ミセス・フォルジャーだったのだ。

だが、ドアを開けたとき、キャサリンははっと息をのまずにはいられなかった。「あらまあ、こんな遅くにどうなさったの？」

マイラは実に哀れな状態だった。汗か涙のせいで化粧が流れ落ち、残ったピンク色の筋が痩せこけた顔のくぼみを強調していた。しばらくためらったあと、マイラは中に入ってきた。

「おかけになって」キャサリンは勧めた。

マイラは勧められた椅子に腰を下ろしたくないようだった。座らずに壁際に立ち、前よりも顔の奥深くに引っ込んでしまった目でキャサリンを疑わしげに見つめていた。

「お座りになりません?」キャサリンはなおも勧めた。「とても疲れていらっしゃるみたい」

罠でも仕掛けられていないかと半ば疑う子どものように、マイラは相手をうかがいながら揺り椅子に腰を下ろした。キャサリンから片時も視線を離さなかった。

訪問客の陰気な態度を考慮に入れても、キャサリンは話し相手ができたことを喜んでいた。「この暑さがやわらげばいいですね。みんな暑さに苦しんでいるし、何も打つ手が……」

「あなたが苦しんでいるですって!」

キャサリンはぎょっとして息をのんだ。しゃがれ声で発せられた相手の言葉の残忍な響きに、社交上の会話をしようとしていたキャサリンの努力は無駄になった。彼女は眉を寄せた。ミセス・フォルジャーの最近の行動には少しも好感が持てない何かがあった。それに、こちらを見つめる目つきときたら! ミセス・フォルジャーのまなざしを見るだけで鳥肌が立ってしまう。

「お茶を淹れますね」キャサリンは言った。「そんなに時間はかかりませんから」

キッチンに入ったキャサリンはふたたび両手が震えていることに気づいた。わたしはミセス・フォルジャーのことも恐れているのだろうか? 今の今まで、そんな妄想じみた考えはいっさい浮かばなかった。いったん、その考えが浮かぶと、キャサリンから落ち着きを奪っているほかの陰険な力と相まって、たちまち行動に影響を及ぼした。茶葉を少しこぼしてしまった。こんなふうに怯える理由などなかったが、今の心理状態では理由なんて必要なかった。ちらっと居間に視線をやると、当然のようにマイラと目が合った。キャサリンは震えた。家の中にも外にも邪悪な者が存在しているとき、どこに逃げればいいのだろう？　つかの間、救世軍の避難所に逃げて、そこから警察を呼ぼうかと考えた。そう考えてはみたものの、さほど本気ではなかった。

キャサリンがそのことを真剣に考えていればよかったのかもしれない。

居間に戻ってくると、キャサリンは早くもこの最新の妄想に合理的な解釈をつけるようになっていた。きっと神経のせいよ。ただそれだけ。ミセス・フォルジャーを怖がるなんて！　まったく！　ミスター・オブロンスキーを、ロイ・オブロンスキーを怖がるようなものよ——この考えがいかにばかばかしいかと思うと、なんだか滑稽になって安堵した。キャサリンは微笑すら浮かべながら紅茶の入ったポットを置いた。

「カップを取ってきます」

キャサリンは上質の磁器のカップをしまってある戸棚に向かった。急いでいたので、部屋のドアを閉めなかった。これは特にどうということのない過失だっただろう。もし、この戸棚にキャサリンが入れていたマイラの毒薬の小瓶が今、はっきりと見えたのでなかったならば。

キャサリンはマイラと向かい合った椅子を引いた。「あなたが紅茶にクリームを入れない方で運が良かったわ」一つ目のカップに紅茶を注ぎながらキャサリンは言った。「クリームが一滴もなくて——あら、ミセス・フォルジャー、どうなさったの？」

マイラの顔に浮かんだ途方もない恐怖の色を見て、神経質になっていたキャサリンは火薬に火がついたように思った。とっさに推測したのは、窓から入り込んできたけだものでもマイラが見たのではないかということだった。キャサリンは立ち上がって振り向いた。火傷するほど熱い紅茶の入ったカップで自分の身を守るほうがいいと思ったのだ。だが、マイラが目にしそうなものはすべてキャサリンにも見えたが、何も起こっていなかった。

二人のうちで神経をなだめられるべきなのは明らかにミセス・フォルジャーだった。「これを飲んで」キャサリンは勧めた。「そうすれば気分が良くなりますよ」

怯えた人間が出すようなしわがれ声の悲鳴をあげ、マイラは毒が入っていそうなカップからあとずさった。そうするうちにマイラの顔はひきつり始め、しかめたせいでひどく恐ろしげな表情になった。彼女はゆっくりと立ち上がった。

マイラのこの奇妙な行動に仰天したキャサリンはどう振る舞ったらいいのかわからず、カップを持った手を伸ばしたまま立ちすくんでいた。「本当に、何かお腹に入れたほうがいいですよ。いつものあなたらしくないですから」

答えの代わりに、マイラは手を伸ばして勢い良くカップを払いのけた。手に当たったカップが割れ、落ちていく途中で熱い紅茶が二人に降りかかった。

キャサリンは悲鳴をあげた。恐怖や痛みからというよりも、まったく思いがけない出来事に度肝を抜かれたせいだった。そのあとで間があいたときにドアまで全力で走れば、キャサリンの安全は手の届くところにあったかもしれない。だが、すぐにはそのことを思いつかなかった。思いついたときには、マイラが窓枠にあった金槌を摑んでキャサリンのほうを振り向いていた。もう遅すぎる。

キャサリンは脚から力が抜けるのを感じながら椅子の背を摑んだ。驚くべき武器がすでに振り下ろされたかのようだった。キャサリンは声を出そうとしたが、恐怖で唇が凍りつき、出てこなかった。

彼女は無言でマイラを見た。マイラは醜く顔をゆがめながらゆっくりとこちらに向かってきた。持ち上げた金槌はいつでも振り下ろされそうな不吉さをたたえていた。考えられる結末は一つしかない。弱っているとはいえ、マイラはキャサリンより半フィート（約十五センチメートル）は背が高く、二十ポンド（約九キログラム）重かった。

「ああ、やめて……ミセス・フォルジャー、あなたは具合が良くないのよ」

ようやく声という唯一の武器を取り戻したキャサリンは、たじろぎながらも懇願し続けた。優しい言葉をかけられたら、狂犬だって立ち止まるだろう。

「ねえ、聞いてください！　わたしが誰かはわかってますよね？　あなたは具合が良くないのよ、ミセス・フォルジャー。お医者様を呼びましょう」

言葉をかければ襲撃を思いとどまるはずだというお粗末な確信だけで、キャサリンはどうにか泣き叫ばずに済んでいた。「マイラ、あなたは自分のやっていることがわかってないんです。暑さのせいよ。お願いだから、金槌《それ》を置いて、一緒に病院へ行きましょう。おわかりにならない？　あなたは自分を見失っているのよ」背後に壁が迫ってきたことを感じ、説得するキャサリンの口調は哀願の響きを帯びるよりも、取り乱したものに変わっていた。だが、マイラはなおも前進し続けた。急ごうとも立ち止まろうともせずに。

必死にあとずさってもう少しで壁というとき、意図したというよりは偶然にキャサリンの腕が電気スタンドに当たり、それは床に落ちて粉々になった。一瞬、部屋は闇に包まれ、予想もしなかった出来事に襲撃者もその獲物も驚いた。どこへ動いたらいいかわからず、二人とも身じろぎもしなかった。すると、キャサリンの脳がふたたび動きだした。彼女はテーブルをまわり込み、マイラがいるに違いない場所を避けて、ドアへ突進した。勝手知ったる部屋だからドアノブのありかはすぐにわかったが、鍵がかかっていないのに、ドアは一インチも開こうとしなかった。頬を蛇のような何かに撫でられ、そのあまりにも不気味な感覚にキャサリンは気絶しそうになった。スイッチを探っていたマイラがキャサリンの顔に触れたのだ。キャサリンは恐怖の発作に駆られて出せる限りの悲鳴をあげながら、慌てて逃げた。激しい恐怖と相まったおぞましい嫌悪感だけに突き動かされて彼女は闇雲に動き回った。明かりがついたとき、キャサリンは壁に張りついて立っていた。とうとう逃げられないところに追い詰められてしまった。

マイラはすばやく動いた。陰惨な任務を遂行すべく振り上げられた金槌を見つめながら、キャサリンは声一つ立てなかった。幸い、目の前にいる女の姿はおぼろげになっていた。いよいよ意識を失う最後の瞬間まで、キャサリンは望みを捨てなかった。時間をかけて心の準備をしていたのでなければ、人は自分の死を信じられないものだ。悪い夢を見たときに納得していない心の部分が、悪夢から救い出されることを落ち着いて待っているように、キャサリンは心のどこかで言い張っていた。これほど恐ろしい場面が想像の世界の外に存在するはずはないのだと。

金槌は物理の法則通りに動いた。重力と筋肉という二つの力に駆り立てられ、金槌は下降し始めたのだ。だが、マイラはその道具を扱い慣れていなかったため、重力と筋肉をうまく調和させられなかった。金槌は壁の漆喰に深くめり込み、勢いをなくして犠牲者の肩をかすめた。こんなふうにそれてしまったから、打撃はまったく効き目がなかったのだが、金槌の気配を感じたキャサリンはこれが夢ではなく致命的な事実なのだと確信した。そして、声を発することもなく床に倒れ込んだ。

こうして身動きしない的が差し出されたため、マイラは急がなくてもよくなった。中腰で立ち、金槌を持ち上げる。〝とどめの一撃〟を加えるのにふさわしい言葉をマイラが探していたのだとしたら、口にする機会はなかった。背後で足音が聞こえたに違いないが、見回す余裕もなかったのだ。ウォルターは大股に三歩進んだだけで、マイラのもとに着いた。彼の長い指がマイラの細い喉にたやすく回された。マイラは抵抗もしなければあえぎもせず、叫ぶこともなければ慈悲を乞うこともなかった――一度の残忍な襲撃で、彼女の首は折れた。

ウォルターは生命のない女の喉を締め続けたが、そのときキャサリンが弱々しく頭を動かしたことに気づいた。ようやく彼は自分の行為に興味を失った。ウォルターは気を失っている女に触れずにかがみ込み、目を開けるのをじっと待った。彼は数分間、こうして待ち続けた。キャサリンは相変わらず目を覚まさなかった。必要とあれば、ウォルターは一晩じゅうでもそんなふうに待つつもりだったかもしれない。誰かが階段を上ってくる音を聞きつけなかったら、そうしただろう。

酔っ払ってはいたが、ロイ・オブロンスキーはまずまず敏捷な足取りで階段を上ってきた。いちばん上の段まで来ると、気を鎮めてあたりを見た。ミセス・ペティグリューの家のドアが開いているこ とに気づき、調べようとして、よろよろと歩いていった。その夜の悲惨ないくつかの出来事に続いた結果はあっけなく、ほぼコメディのような世界へと滑り落ちていったのだった。もっとも、当事者の二人にはそう思えなかっただろう。つかの間、二人の男は互いに見つめ合っていた。一方の男は、もう一人の男ほど驚愕していなかった。おそらくウォルターの単純な頭では、殺人を犯した場合、捕まっても自分が罪を逃れられる可能性を理解できなかっただろう。法の複雑さなど、彼にはわけがわからなかった。ウォルターにとって頼りになる唯一の聖域は、〈キャッスル・ヒル・ホテル〉の地下の部屋だった。そこにたどり着くためには階段を下りて通りに出なければならない。ウォルターはぱっと立ち上がり、暴走する動物のようにドアに突進した。

突進してくる侵入者を前にして、ロイは原始的な選択に直面した。相手を殴るか、それとも逃げるか。それまでの人生では逃げるばかりだった彼が、なぜ殴るほうを選んだのかは解釈が難しいだろう。最高に幸運なタイミングで、ロイはウォルターの顎をまともに殴った。ウォルターは仰天しているロイの足元に意識を失って倒れた。勇ましい行為が終わってしまうと、ロイはふらつく足取りで自分の部屋に行き、シンクで嘔吐した。

キャサリンが目を覚ましたとき、最初に見えたのは曲がった体で傍らに倒れているミセス・フォルジャーだった。原因はキャサリンには不明だったものの、身の毛がよだつような死のしるしは見間違えようもなかった。彼女はなんとか立ち上がり、茫然とした状態で電話まで歩いた。警察を呼んだあとになって初めて、キャサリンは自分が生きていることに感謝し、助かったことを不思議に思った。頭がはっきりしてくると、一つのことしか考えられなくなった——この恐ろしい場所から逃げなくてはならない、と。ドアのほうへ向かったとき、ようやくウォルターが倒れていることに気づいた。これがどういう意味なのか見当もつかなかったが、その瞬間は考えたくもなかった。キャサリンはウォルターの足をまたいで急いで廊下に出ると、階段を駆け下り、暗闇の中に飛び出した。

自分がどうして走っているのかわからなかった。もはや死の恐怖から逃げているわけではないし、知っている場所を目指して急いでいるわけでもない。こんなことを考えたからではなく、ほかのことのせいで彼女はやっと足を止めた。急に涼しい風が頬に当たり、つまずきそうになりながら立ち止まったのだ。西の方角の空を見ると、稲妻が一度光り、すぐにまた光った。キャサリンはため息をついた。明日の朝までに熱波は去っているだろう。

訳者あとがき

「バタフライ効果《エフェクト》」という言葉がある。蝶《バタフライ》の羽ばたきのように非常に小さな出来事が、最終的には予想もしていなかった大きなことにつながるといった意味だ。本書はまさにこの「バタフライ効果」を体現したような作品である。


物語の内容を簡単にお話ししよう。

第二次世界大戦終結からそれほど時が経っていない、アメリカ中西部のとある街は連日の厳しい暑さにあえいでいた。暑さは人々から生気も理性も奪っていく。結婚して涼しいイングランドを離れたばかりのキャサリン・ペティグリューにとって、暑さは人一倍つらかった。職探しで夫が何日か街を留守にしていた間、キャサリンは暑さをいくらか忘れられるのではないかと、彼のウイスキーを少し飲んでみる。いつもは酒など口にもしないキャサリンはたちまちほろ酔い気分になって、衝動的に服を脱いで下着だけになり、窓辺に行った。そして、外を見て誰にともなくほほ笑みかけた。けれども、軽率な振る舞いをしていることに気づいて慌ててあとずさりする。だが、一瞬の出来事だったのに、裸体に近い格好で窓辺にいたキャサリンを目撃した者が何人かいた。

キャサリンの衝動的な行動を見ていた一人目は、ウォルターという、ホテルの地下で暮らして雑用係をしている風変わりな若者だった。これまで軍隊で厄介事を起こしたり、犯罪者扱いされて街を追われたりしたウォルターには友人もいなかった。なのに、窓辺に現れたあの女性は自分にほほ笑んでくれたのだ、とウォルターはキャサリンのことが忘れられなくなる。

二人目は、ペティグリュー夫妻の下の階に住むマイラ・フォルジャーだった。病弱で魅力に欠け、夫にも自分の境遇にも不満だらけのマイラは、若くて美しいキャサリンをひそかに妬んでいた。マイラはキャサリンの不品行の証拠をつかんだと思い込んで喜び、同じアパートメントに住むお気に入りの大学生、ロイ・オブロンスキーにその話を聞かせる。美しいキャサリンを以前から意識していたロイは心が乱れ、大学院進学がかかった試験の直前だというのに、勉強が手につかなくなる。

三人目の目撃者はペティグリュー夫妻の真向かいのアパートメントに住む大学生、デイヴィッド・ウィークスだった。女性経験のないデイヴィッドは大胆なキャサリンの姿を目にすると、簡単に誘惑できる相手ではないかと想像する。いっぽう、キャサリンが裸体に近い体を人前にさらしたという話をデイヴィッドから聞いた、彼の家に居候していた詐欺師の伯父のヒューバートは金欠で困っていたため、それをネタにしてこの若い主婦を揺すろうと考える。

こうしてキャサリンを取り巻く人々は、それぞれ思いもよらなかった方向へと進んでいく。猛暑の日にとった一瞬の衝動的な行動により、キャサリンの運命の歯車は狂い始めたのだった……。

暑さに耐えきれず、酔った勢いでとった一瞬の行動。誰にも気づかれなかったならば、何事もなかったはずの些細な行為が、偶然のなせる業によって大きな出来事になっていく。平凡な人間がひそかに持っている狂気や願望、ささやかな暮らしに紛れ込んでいる恐怖や暴力が冷静な調子で語られている。

比較的短い作品ではあるが、一癖も二癖もありそうな人物ばかりが登場する。彼らのほとんどが裕福とは言えない者で、第二次世界大戦の影響がまだ見られる世の中でなんとか日々の暮らしを立てている。そんな毎日の中で無意識に積み重なっていた欲求不満や隠れた願望が、キャサリンの些細な行動をきっかけにあぶり出される。わずかな狂いから大きな違いが生み出されていく様子が、街を包む熱波の描写によっていっそう際立っている。犯罪の加害者になることも被害者になることも、紙一重の偶然によって起こり得るのだという印象を抱かずにはいられない。

Dead of Summer（1957, A Dell Mystery）

この『夏の窓辺は死の香り（原題：*Dead of Summer*）』を基にした映画が、かつてイタリアで製作された。一九七〇年の公開で、タイトルは『Ondata di calore』（「熱波」の意味）である。監督は詩人・脚本家でもあったネロ・リージで、『ランボー　地獄の季節』や『悲しみは星影と共に』などの作品で知られている。『Ondata di calore』の主演は、『悲しみよこんにちは』などに出演したアメリカの女優のジーン・セバーグである。原作のヒロインのキャサリンは小柄で幼く見える女性として描かれているが、セバーグ演じるヒロインはセクシーな大人の女性の魅力を発揮している。映画の舞台はモロッコに移され、原作よりも異国的でミステリアスな雰囲気である。より詳しい内容については横井司氏の解説をご覧いただければと思う。また、この映画は動画サイトで見られるようだ（二〇二四年十月現在）。

一点、お断りしておきたい点がある。詐欺師のヒューバートだが、デイヴィッドの「伯父」か「叔父」か明確に判断できる箇所はないものの、ヒューバートの年齢が五十七歳で、デイヴィッドが十八歳の大学生ということから、年齢的に「伯父」表記が妥当と判断し、担当編集者の確認も得て、母の兄＝伯父とした。

本書の著者であるダナ・モーズリーについては、残念ながらほとんど情報がない。だが、さりげない描写ながら、人間の欲望や本性を鋭く描いたこの作品から、人間観察や心理の探究に秀でた作家だったのではないかと思われる。上梓された本はこれ一冊のみのようではあるが、いつか彼女のほかの作品が見つかり、またみなさまにご紹介できることを願っている。

最後になりましたが、本書の解説を書いてくださった横井司氏、編集を担当してくださった黒田明氏をはじめ、この本に携わってくださったすべての方に感謝を申し上げます。

二〇二四年十月

金井真弓

謎の女性作家による対位法的サスペンス

横井　司（ミステリ評論家）

ここに初めて翻訳される『夏の窓辺は死の香り』は、原題を *Dead of Summer* といい、最初、アメリカの Abelard Press から一九五三年に上梓された。[1] アレン・J・ヒュービンの犯罪文学書誌 *Crime Fiction II: A Comprehensive Bibliography 1749-1990.*（一九九四）によれば、一九五五年にイギリスの Bodley Head 社からも刊行されたそうである。論創海外ミステリ版の翻訳に使用されたのは、一九五七年にアメリカの Dell 社から刊行されたペイパーバック版だが、初刊から二年おきにリプリントされてたということは、それなりに需要が見込めたものと思われる。以降のリリース状況は分からないものの、一九七〇年になって Ondata di calore と題してイタリアで映画化されている（フランスとの共同制作）から、その際にもリプリントされたかもしれない。[2]

作者のダナ・モーズリーについては、右のヒュービンの書誌に「オマハ生まれ、一九五〇年代にロサンゼルス在住、台本作者」と記されているだけで、生没年などは不詳。ヒュービンの情報源は、初刊本か再刊本のダストラパー（いわゆるカバー）に記されていたものだろうか。仮に映画の脚本家を職業としていたのであれば、[3] 創作で食べていく必要もなかっただろうし、それ以上の事情は想像もつかないが、本書一冊を上梓したのみのようである。一九七〇年の映画の脚本は監督のネロ・リージの他、アンナ・ゴビ、ロジェ・モージュによるもので、モーズリーは関係していない。フランス語版Wikipedia に掲載されている映画のあらすじを読むと、舞台をモロッコに変更し、ストーリーもかなり改編されている印象を受ける。本当に本書が原作なのか、疑わしくなってくるものの、映画のタイトルバックを見ると、ちゃんと dal romanzo omonimo di DANA MOSELEY とクレジットされている以上、信じざるを得ない。

（1）Abelard Press は一九四八年に設立され、一九五三年に Henry Schuman Inc. と合併して Abelard-Schuman Inc. となった。論創海外ミステリ版の底本であるデル・ブックスの前付けには Reprinted by arrangement with Abelard-Schuman, Inc. New York, N.Y. と記されているが、デル・ブックスで再刊される一九五七年には Abelard Press ではなく、Abelard-Schuman, Inc. に変わっていたわけだから、右のように記されたものだろう。The Internet Speculative Fiction Database というサイトの記事によれば、一九五四年まで Abelard Press 名義で刊行された本があるようである。

（2）論創社編集部から、一九五四年に *Vague de chaleur*（熱波）と題して Cité Coll 出版からペイパーバックで刊行されていると、ご教示を受けた。なお、ダナ・モーズリーで検索すると、一九九三年に *A Fiesta at Twilight* というタイトルの本が Libra 社から出ていることが分かるが、本書と同じ作者であるかはどうかは不詳。一九九三年が初刊であれば同一人物とは思われない。ちなみに同書は、朝鮮戦争で戦死したと思われていた夫は米海軍に所属していなかったことを知った妻が、行方を探し出そうとする物語のようだ。

（3）映画の台本作者の場合、ヒュービンは screenwriter と書いているので、scriptwriter は舞台脚本の書き手だと思われる。あるいは、脚本を現場で修正する、いわゆるスクリプト・ドクターかもしれない。

モーズリーの生まれたオマハは、アメリカ合衆国の中西部に位置するネブラスカ州の東端にある都市であり、本書でもアメリカ中西部の都市が舞台となっていることから、あるいは作者の生地が作品世界のモデルになっているかもしれない。

蒸し暑い真夏の午後、暑さに耐えかねて薄着となり、暑さを紛らわせるためにウィスキーを飲んだ主人公は、窓べりに立った際、酔った勢いということもあり、通りかかった若者に秋波を送るような振る舞いを見せる。それをたまたま、その若者以外にも二人の人物が目撃していただけでなく、三人が三人とも主人公の衝動的な振る舞いを誤解してしまったために悲劇が起きる、というストーリーだが、モーズリーはそれを単純には描かない。まず第一章で、警察によって死体が発見される場面が描かれ、そこから第二章に移り、主人公が衝動的な振る舞いを見せたその当日に時間を遡り、悲劇に至るまでの経緯を丁寧に追い始めるのである。死体が発見された現場には、キャサリン・ペティグリューという署名のある書きかけの手紙が残されており、そこには水曜日に「ちょっとした、ばかげたこと」「些細なこと」が起こり、それが原因で、ある男からお金を強請られていることが書かれていた。その水曜日に何が起きたのかを書こうとしたところで、手紙は中断しているのである。それを読んだ警官が「この裏にある事実がすべてわかったら、興味深いな」と言うところで、第一章は終えられるのだが、そこで時間を遡り、第二章は作者による次のような注意書きから始まっている。

おそらく事実は警官たちが推測したよりもはるかに複雑だっただろう。これは単にミセス・ペティグリューの話ではなく、六月初旬の暑い午後、とても奇妙ななりゆきから、ほぼ同時に彼女の人生と関わることになった四、五人の物語でもあるからだ。

このように語ってから、ミセス・ペティグリューの生活背景を語るだけでなく、その周辺の人々の生活背景と心理が、映画のカットバックを思わせるタッチで、丁寧に描かれていく。そのカットバックのようなスタイルもまた、スクリプトライターであるという作者の出自ないし職業を、よく示しているように思われる。

登場人物それぞれの背景と事情が描かれ、それぞれの背景や事情によって形成された性格によって行動し、ある登場人物が時には別の登場人物と交わるなどしながら、無自覚のうちに互いに影響を及ぼしあって、最終的な悲劇が醸成されていく流れは、確かに警官たちの推測が及ばないような複雑さである。風が吹けば桶屋が儲かる的な、単線的な物語ではなく、あえていえば、複線的なポリフォニックな物語になっており、いわば対位法的な書き方が試みられている。第二章冒頭で語り手が「ほぼ同時に」と述べる通り、単線的ではなく複線的であるため、いわゆる名探偵的なキャラクターが登場しても、全ての事実をトレースすることはできまい(4)。モーズリーが書いたのはそういう物語であった。

これは当時としては新しいスタイルだったのかどうか、それは今となっては判断するのが難しい。ただ、映画のカットバックに慣れた読み手であれば、抵抗なく受け入れられたに違いない。現代の読者であればなおさらだ。冒頭に仕掛けられた作者の企みも、本書が発表された一九五〇年代の読者であればともかく、現代の読者にはある程度、見当がついてしまうのではないか。現代の読者には、自身のつけた見当が当たっているかどうか、という楽しみ方をする余地があるわけだが、そういう楽しみが奪われているとしても、絶妙に配置された登場人物の動きと、その背景と事情によってそれぞれが追い込まれていく心理ドラマとしての面白さは、当時はもとより現在の読者にも充分に保障されているように思われる。

（4）もっとも名探偵キャラクターというのは、全ての事実をトレーズせずとも、重要な事実をピンポイントで捉え、その事実と事実をつなぎ合わせ、最短距離《ショートカット》で、ひとつの物語としての「真相」に到達してしまう知性のありようを示す存在であろうから、愚直に全ての事実をトレースすることはないだろう。

現在の視点から本書を読んだ時、興味深いのは、ミセス・ペティグリューことキャサリンが入っているアパートの一階に住んでいる専業主婦マイラ・フォルジャーと、低賃金で事務員を務めるその夫との関係である。大学二年生の時、『ロミオとジュリエット』の主演オーディションに参加して、優れた演技力を示したものの、容姿の関係で主役を勝ち取れなかったという経験を持つアイルランド生まれの女は、今ではいろいろな日常の体験を打ち明けられる同性の友人を持たず、夫からも理解されず、鬱々と日々を過ごしている、というようなキャラクターだ。今現在の心のよすがは、いつかはお抱えのメイドを有する優雅な生活を送れるに違いないという幻想と、二階に住む大学生が出かける際に、戸口でささやかな会話を交わすことだけ。そんな専業主婦の女性は、ミセス・ペティグリューの不適切な振る舞いを見てから、彼女に対して理不尽ともいえそうな反感を抱くようになる。キャサリンが学生時代に主役を奪った相手に似ていることも、その反感を助長する（もっとも、その似ていること自体がミセス・フォルジャーが記憶を捻じ曲げたからではないか、ということを否定する材料はない)。ミセス・ペティグリューの不適切な振る舞いを同性の友人に話して発散することもできず、ひたすら心の内側で反感を凝り固まらせていくのである。そして夫はそれを理解するどころか、妻の心のうちには想像力を働かせず、自分のわずかな収入で、同じ収入の男性よりも妻に贅沢をさせていると思っているあたり、現代の夫婦関係における一部の男性のありようや認識と、たいして隔たってはいないように思われる。女性を低く評価していたが、女性に対して誠実さがないわけではない、というありようは、実にタチが悪い。そもそも女性に対して関心がなく、従って興味もなく、唯一関心を持っているのは野球だけなのだ。つまり、人間に興味がないわけである。この夫婦の関係を、新婚当時のありようを含め、細部を重ねる形で丁寧に描いていくことで、その破綻した関係の諸相を示すあたりは、説得力がある。

ミセス・ペティグリューの隣室には、大学院の入試を控えた、神経質で無口な、他者との関係を築くのが苦手な大学生ロイ・オブロンスキーが入っている。大学生といっても第二次世界大戦に従軍していた退役軍人で、復員兵援護法による収入によって大学に通い、大学院を出て、英語教師になろうとしている。ところが、ある時を境に、英語の詩に対してまったく感興を催さなくなってしまう。それでも英語の教師にならなければ路頭に迷うしかなく、英語教師の職に就くには大学院の試験に合格しなければならないのに、隣室のミセス・ペティグリューが気になって、さらには一階の住人であるミセス・フォルジャーに付きまとわれて、なかなか勉強が進まない。そして指導教授との面談で、どうして英語を教えたいのか、君が求めている目標は何か、と問われて、言葉を詰まらせてしまうのである。オブロンスキーという名前から、東欧からの移民ではないかと想像されるが、コミュニケーションがうまくいかないのは、そして英語の詩に興味を失うのは、そのためではないのか。自らの文化伝統をよそに、単に生活の資を得るためという理由だけで英語教師になろうと思っていたのだから、英語に感興を催さなくなることは、予想されたことであったかもしれない。また、戦時であれば、適切なコミュニケーションが求められることなく、上官とその作戦に従っていれば良かったのに、戦争が終わった途端に、適切な人間関係を築き、適切な職業につかなければ生きていけない世間に放り込まれたわけだから、コミュニケーション不全気味なのも当然といえば当然だったろう。このように、さまざまな事情と背景によって、社会に適合できないでいる男性の一人として、オブロンスキーというキャラクターが描かれている。

社会に適合できない男性キャラクターは、オブロンスキーだけではない。ミセス・ペティグリューのアパートの向かいに住む大学二年生のデイヴィッド・ウィークスは、自分が将来、何になりたいのか、一度も決断できていない。そうしたディヴィッドのありようは、オブロンスキーと同型のものを感じさせる。また、自分が目撃した振る舞いから、相手が誘惑に落ちやすいと見るとアプローチしていく姿勢は、ミスター・フォルジャーの女好きな同僚とも同型の心性を示しているといえる。

デイヴィッドの部屋に居候している母方の伯父ヒューバート・ウィロビーは、本来の自分を偽り、相手を騙して金を掠める詐欺師である。かつて大金を騙し取った相手と偶然再会し、金を返すよう期限を切って迫られていたところに、甥からミセス・ペティグリューの振る舞いについて聞き、背に腹は変えられず、自らの倫理観を裏切って、ゆすりに手を染めることを決心する。ヒューバートは、若い頃は先のことを考えず、生きているだけで充分だと思っていたが、そういう生きざまは甥のデイヴィッドと似たものを感じさせる。ヒューバートは女たらしの技巧こそ甥よりは優っていたものの、結局は伯父甥ともに似たような人生を過ごしている同型のキャラクターといえるのではないか。

ミセス・ペティグリューが窓辺から秋波を送る体になった相手である、地元ホテルの焼却炉室に住むウォルターは「心の成長が追いつかないほど急激に体が大きくなった」青年として描かれる。ウォルターの場合、やや特異な事情を背景としており、それについては後述するとして、彼ら――オブロンスキー、デイヴィッド、ヒューバート、そしてウォルターはみな、社会的な不適合をかこっている男性たちといってもいいだろう。これにミスター・フォルジャーも加えると、本書に登場する男性陣はいずれもパッとしない。ヒーローではなく、アンチヒーローでもなく、当たり前の人間として、作品の中で生きている。そこを面白がれるかどうかが、本書を楽しむ肝《きも》でもあるといえよう。

興味深いのは、ミセス・ペティグリューの夫が、職探しのために不在であるという設定である。ミスター・ペティグリューことチャールズは、数ヶ月前に空軍を除隊になったものの、まだ空軍で働いており、新たな仕事を得るために東部に行っている。ミセス・ペティグリューの主観でしかそのキャラクターが描かれないため、風変わりなものを嫌悪する嫉妬深い夫という役回りを押し付けられている印象が強いが、特に夫婦関係が悪いわけでもなく、フォルジャー夫妻に比べると安定した関係を築いているのではないか、と思えてならない。ミセス・ペティグリューの、ある暑い日のふとした振舞いで、その関係が危機に陥りそうになるが、それはミセス・ペティグリューの主観であり、実際に関係が悪化するかどうかは分からない。ただ、第一章で示されている、ミセス・ペティグリューが書きかけた夫宛の手紙は、きちんと対話すれば、関係が悪化しないという可能性を示している。そこがフォルジャー夫妻とは違うところだし、そうした可能性の存在が、フォルジャー夫妻の関係の悪さを裏側から照射する形になっている。

本書が発表された一九五〇年代のアメリカは、先にふれた復員兵援護法によって収入を保障された退役軍人たちが、大学で教育を受けて就職したり、また郊外に家を建てて家族で移り住んだりして、理想的なアメリカの家族像を形成することが、多くの国民にとって目標とされていた時代である。そうした理想的なアメリカ人の家族像を補助線として引くと、本書に登場する人々は、その理想的な家族像から外れてしまっている人ばかりであるというのが、興味深いところだ。オブロンスキーが指導教授に、君が求めている目標は何か、と聞かれて、実感を込めてリアルにそれを語ることができないといったありようは、五〇年代のアメリカにおける理想に馴染めない人々もいることを示しているようにも思えるし、その指導教授がまさに郊外に立派な家を持っていて、若い妻をもらっているという理想的に設定されており、そしてそういう社会的な地位を獲得している教授が退役軍人に目標を聞くという場面からは、理想とする目標を持てないものは社会の脱落者だというイデオロギーの存在を感じさせられずにはいられない。

郊外に住む理想的なアメリカ人家族から排除される存在という点で、ホテルの焼却炉のそばに住むウォルターのありようもまた、同時代のイデオロギーの犠牲者といえなくもない。「心の成長が追いつかない」身体を持つウォルターは、若い頃に少女に親切にしたことが裏目に出て故郷を追い出されており、徴兵された軍隊の集団生活にも馴染めず、悪ふざけをされて喧嘩となり、衛兵所に入れられて、除隊の憂き目を見ている。本書の中で子どもが登場するのは、ウォルターの過去のエピソードだけなのだが、そこで登場する子どもが必ずしも理想的な存在として描かれているわけではなく、父親ですら自分の子どものことが本当によく分かっていない、という状況が示されるあたりもまた、理想的なアメリカ人家族像への皮肉を感じずにはいられない。

一九七〇年に公開された、本作品を原作と謳う映画 Ondata di calore では、さまざまな事情を持つ登場人物を整理し、刈り取って、複線的な物語を単線的なものにしている。ドイツ人エンジニアのアレクサンダー・グラスと結婚したアメリカ人女性ジョイスは、都市の再建に取り組む夫が充実した生活を送っているのに対し、夫の目標を共有できないまま、孤独に陥り、性的にも不満足な状態にいるようだ。このジョイスの造形が、原作のミセス・ペティグリューとミセス・フォルジャーを合体させたものであるのは明らかである。夫が不在であるという状況や、窓から裸身を見られてしまうというアクシデントは、ミセス・ペティグリューに起きた出来事だし、医者を呼んで診察を受けるというのは、原作ではミセス・フォルジャーのエピソードとして描かれている。

映画では、ジョイスが隣人の性的行為を目撃し、原作のウォルターにあたると思しいアリという青年にモーションをかける場面があったりして、窓辺の不適切な行為を目撃されたことでストーカー被害に遭い、恐怖に怯えるという原作の設定は捨象されてしまった。ジョイスが女性としての自分の魅力に限界を感じ、衝動的に自殺を図ったり、クリニックの病室でアフリカのパフォーマンスを映すテレビを観て性的衝動を覚えたりする、などといった描かれ方からは、映画の作り手が、原作のキャサリンによる窓辺での行為や、ミセス・フォルジャーの不安定な心理を、すべて性衝動の抑圧に由来するものだと解釈しているように思えてならない。いかにも七〇年代らしい解釈だという印象を受けるが、そうした女性の性衝動をベースとしたニューロティック・サスペンスという物語の枠組みに落とし込んだことで、原作に登場するさまざまな男たちの内面なり葛藤なりが捨象され、結果的に一人の女性を主人公に据えた単線的なストーリーになってしまったようにも思われる。

映画のために原作を改変するのは、原作に対する批評行為のあり方のひとつと見なすなら、一九七〇年代の脚本家たちはフロイトのように女性心理を解釈する傾向にあるといえる。そうした解釈を選択してしまうのは、ミセス・ペティグリューのようなキャラクターに対してリアリティが感じられなかったからだろう。また、女性が自分でも筋の通った説明ができない、アクシデントともいうべき振る舞いをしたことに対して、詐欺師のヒューバート・ウィロビーのように、女性なるものの本性であり、その言い訳も定型的なものにすぎない、と考えたのかもしれない。しかし、原作が発表された一九五〇年代の読者にとっては、こういう女性がいてもおかしくはないと思えたかもしれない。少なくとも書き手のモーズリーは、おかしくないと思っていたし、おかしくないと思うことに理解を示す読者がいるだろうと考えていたのではないかと想像されるからだ。あるいは、ミセス・ペティグリューがイギリス人で、少女のように見られる小柄なスタイルだという設定が、男性たちの性的妄想を惹起させることに与るであろうことを、巧妙に計算した上でプロットを立てていたのだとしても。

右に述べたように原作ではミセス・ペティグリューはイギリス人という設定である。夫の方は明示されていないが、アメリカ空軍勤務で名前がチャールズというのだから、アメリカ人だろう。キャサリンはイギリスにいる頃、病院に勤めていたので、軍務でイギリスを訪れていたチャールズと、そこで知り合ったのではないかと思われる（結婚後、アメリカに渡ったという設定は、映画ではアメリカ人女性が夫の仕事先であるモロッコに渡るというふうにして活かされているように思われる）。キャサリンがイギリス人だという設定は、一階に住むミセス・フォルジャーが病気だと知れば世話をせずにはいられないような、隣人とはお互いに助けあうという、ある意味、常識的な社会感覚の持ち主であるという方向で活かされている。イギリスにいたときは、誰かが病気になると、できることをするのが義務だと言ってもよかった、とキャサリンが考えている場面があるが、そうした共同社会の一員であることを意識している人間だからこそ、窓辺での筋の通らない行動について困惑し、それをタネに強請られることで恐慌をきたすのだろう。

思想家・武道家の内田樹は『勇気論』（光文社、二〇二四）の中で「どうしてそんなことを自分がしてしまったのか、後から考えてもうまく説明ができない行動」というエピソードは「人間の『深さ』『複雑さ』についての情報の宝庫」だと述べている。そして、クリエイティブ・ライティングの授業で学生が「自分でもよく意味のわからない経験について書いている時」、自分の「ヴォイス」に触れるそうだ（「4通目の返信」）。ヴォイスが何かということは同じ本の別の箇所（「7通目の返信」）で「自分がほんとうに思っていること、感じていることを、かなり近似的に表現できる声」「自分の思考の流れとか、呼吸とか、身体を動かす時のリズムとかと『合う』声」「自分の中でいま発生していて、まだ輪郭の定かならぬ思念や感情を、いわば星雲状態のまま、その生成過程にあるままを差し出す声」などと説明されているが、「どうしてそんなことを自分がしてしまったのか、後から考えてもうまく説明ができない行動」を語ろうとする時、人は本当の自分を見つめようとすることになる、とここではまとめておくことにする。

ところでブログ《内田樹の研究室》の「Voiceについて」（二〇一九年九月二日公開）において内田は次のように書いている。

「自分のボイス」を発見するというのは、これまで自分で自分について抱いてきたセルフイメージや、周りの人間に向かって宣言していた「オレはこういう人間だ」という社会構築的なアイデンティティーとはぜんぜん違う要素が自分の中に豊かに存在することを知るということです。自分は複雑な人間なのだということを知るということです。

ミセス・ペティグリューことキャサリンは、困った隣人は助けるというような意識が象徴しているように、社会構築的なアイデンティティーを内面化させている。のみならず、パートナーであるチャールズとの関係を通して構築されたアイデンティティーの影響も受けており、だからこそ、窓辺での振る舞いをチャールズに説明することは難しい、と考えてしまう。そういうキャサリンが、作中では直接的に示されないチャールズからの手紙をきっかけとして、自分の複雑さを受け入れ、自分の経験を話すことでチャールズと新しい関係を再構築しようとする。最終的にはそうなるのではないか、ということを読み手に予想させる物語になっている。

このように考えてみると、本作品を原作と謳っている映画 Ondata di calore で、アメリカ人女性ジョイスの不可解な行為を性的欲求不満に基づくものと解釈し直すことは、原作におけるキャサリンの「どうしてそんなことを自分がしてしまったのか、後から考えてもうまく説明ができない行動」を一言で説明しようとすることに等しい。映画と原作は別物だとしても、映画が原作に及ばないように思うのは、そうした単純化によるものである。

ダナ・モーズリーが描こうとしているのは、キャサリンが自我を獲得する過程だったのかも知れない。社会的な規範に基づいて行動するのではなく、対等な夫婦関係を前提とする個人として、夫との話し合いを通して問題を解決しようとする人間になること、その過程を描いた物語ではないか、というのは、深読み[5]が過ぎるだろうか。

（5）深読みというより、これはいささか筆者（横井）の妄想になるかもしれないが、キャサリンがイギリス人であり、小柄であるという設定から、本作品は、アメリカという不思議な国に迷い込んだイギリス人少女を主人公としているという意味で、『不思議の国のアリス』をベースとしているのではないかと思ってみたりもするのである。

これまで述べてきたような、キャラクターをめぐるさまざまな設定や描写、そしてそれによってさまざまな解釈を喚起させられるところが、本書を現在でも読みごたえのある物語に仕上げているように思われる。ある若い主婦の不適切な振る舞いが連鎖反応的に悲劇を生む、という単純な物語になっていないところが、ミステリ的な仕掛けのリアリティを高めているようにも思う。こうした物語が、スクリプトライターをしているとはいえ、小説創作の経験のない女性によって書かれるあたり、伝統の重みに加えて、時代の趨勢ということを考えさせられてしまう。

ロイス・ダンカン『殺意が芽生えるとき』（一九六六年刊。邦訳は二〇一四年、論創海外ミステリ）の解説でも書いたことだが、一九五〇年代の海外ミステリ界は、女性作家の進出が目覚ましいという印象を受ける。一九五〇年にはパトリシア・ハイスミスが『見知らぬ乗客』でデビューし、同じ年にはヘレン・マクロイが『暗い鏡の中で』を刊行している。一九五五年度のアメリカ探偵作家クラブ賞（MWA賞）最優秀長編賞が、マーガレット・ミラー『狙った獣』であり、その翌年はシャーロット・アームストロングの『毒薬の小壜』で、一九五九年度はシリア・フレムリンが『夜明け前の時』で受賞している。ハイスミス、マクロイ、ミラー、アームストロング、フレムリンといった綺羅星のような才媛たちがアメリカ・ミステリ界を席巻していたのだ。宮脇孝雄がこの時期を「アメリカの女性作家によるサスペンス小説の黄金時代」と位置付けており（創元推理文庫版『狙った獣』解説、一九九四）、そういう時代だからこそ、ダナ・モーズリーの本書のような作品が書かれたのだといっても、牽強付会の誇りは受けないだろう。

宮脇は続けて「彼女たちの作品に、いいしれぬ不安に怯える主婦や、神経を病むオールドミスが登場するのは、決して偶然ではない。彼女たちが描いた家庭は、理想のアメリカン・ファミリーの陰画であって、頼りになるべき父親は失踪し、子供たちは不確かな未来に怯え、主婦は狂気の領域に入ろうとしている」と述べているが、失踪する父親と不確かな未来に怯える子どもたちを除けば、本書にことごとく当てはまる。ミセス・ペティグリューの夫が不在であることが父親の失踪にあたり、将来の目標を確かに持てない大学生が不確かな未来に怯える子どもにあたる、というふうに捉えるなら、『夏の窓辺は死の香り』は、同時代の傾向を見事に映し出しているテキストだとさえいえるのではないか。

近年、ハイスミス、マクロイ、ミラー、アームストロング、フレムリンといった才能が再評価され、新しい読者に受け入れられようになったものの、翻訳はひと段落したようなところがあり、寂しく思っていたところ、かつての才媛たちが作り上げた潮流に棹差すとも見なせる本書が訳されたことは喜ばしい。ミステリ史の潮流は大家によってのみ作られるものではないことの証左としてだけでなく、サスペンス小説の逸品、というのがいいすぎなら、忘れ難い小品として、大方の読者の支持を期待したい。

●参照資料

紙の文献は本文中でふれたもの以外に大場正明『サバービアの憂鬱——「郊外」の誕生とその爆発的発展の過程』（角川新書、二〇二三）を参照した。その他、以下に示すインターネット上にアップされている記事を参照した（URLは、いずれも二〇二四年五月二十八日時点で確認）。

【原書の版元関連】

Harry Ransom Center
https://norman.hrc.utexas.edu/Watch/fob_search_results_next.cfm?FOBFirmName=A&locSTARTROW=11

The Internet Speculative Fiction Database
＊Abelard Press について
https://isfdb.org/cgi-bin/publisher.cgi?15471
＊Abelard-Schuman について
https://isfdb.org/cgi-bin/publisher.cgi?1438

『ニュー・ヨーク・タイムズ』一九七一年九月十三日付（Abelard-Schuman Inc. 社主ルー・シュワルツの訃報記事）
https://www.nytimes.com/1971/09/13/archives/lew-schwartz-expresident-of-abelard-schuman-is-dead.

html

【映画 Ondata di calore 関連】
あらすじはイタリア語版とフランス語版の Wikipedia を参照
＊イタリア語版
https://it.wikipedia.org/wiki/Ondata_di_calore
＊フランス語版
https://fr.wikipedia.org/wiki/Vague_de_chaleur_(film,_1970)
映像がアップされている YouTube
https://www.youtube.com/watch?v=qGVZkaghMvg&t=25s

【内田樹関連】
内田樹の研究室／Voice について
http://blog.tatsuru.com/2019/09/02_1348.html

〔著者〕

ダナ・モーズリー

経歴不詳。

〔訳者〕

金井真弓（かない・まゆみ）

翻訳家。主な訳書に『憑りつかれた老婦人』、『ヒルダ・アダムスの事件簿』（以上、論創社）、『夢遊病者と消えた霊能者の奇妙な事件』（新紀元社）、『セルリアンブルー　海が見える家』（オークラ出版）、『嘘つき村長はわれらの味方』（早川書房）など。

夏《なつ》の窓辺《まどべ》は死《し》の香《かお》り

——論創海外ミステリ　328

2024 年 12 月 10 日　　初版第 1 刷印刷
2024 年 12 月 25 日　　初版第 1 刷発行

著　者　ダナ・モーズリー
訳　者　金井真弓
装　丁　奥定泰之
発行人　森下紀夫
発行所　論 創 社

〒 101－0051 東京都千代田区神田神保町 2－23　北井ビル
TEL:03－3264－5254　FAX:03－3264－5232　振替口座 00160－1－155266
WEB:https://www.ronso.co.jp

組版　加藤靖司
印刷・製本　中央精版印刷

ISBN978－4－8460－2429－1
落丁・乱丁本はお取り替えいたします